Elia Barceló
Das Labyrinth der Liebe

PIPER

Zu diesem Buch

Aufgewachsen in Pflegefamilien und Waisenhäusern, teilen die Sängerin Celeste und der Saxofonist Ted die gleiche schwere Vergangenheit. Doch sie haben einander, und daran wird sich bis an ihr Lebensende auch nichts ändern. Denn ihre Liebe ist unerschütterlich, dessen sind sie sich sicher. Doch als Ted bei einem Verkehrsunfall schwer verletzt wird, hängt ihre gemeinsame Zukunft plötzlich am seidenen Faden. Tag für Tag ringt der Musiker im Krankenhaus um sein Leben, und Tag für Tag sitzt Celeste an seiner Seite. Sie kann den Gedanken nicht ertragen, dass der einzige Mensch, den sie jemals geliebt hat, stirbt. Da unterbreitet man ihr einen ungewöhnlichen Vorschlag…

Elia Barceló, in Elda bei Alicante geboren, lebt seit vielen Jahren in Innsbruck, wo sie an der Universität spanische Literatur unterrichtet. Sie ist mit einem Österreicher verheiratet und hat zwei Kinder. Bereits ihrem ersten auf Deutsch erschienenen Roman »Das Geheimnis des Goldschmieds« bescheinigte die Presse einen »unwiderstehlichen Sog«, den die Autorin mit ihrem Bestseller »Das Rätsel der Masken« noch steigern konnte und mit jedem weiteren Buch perfektionierte.

Elia Barceló

Das Labyrinth der Liebe

Roman

Aus dem Spanischen von
Anja Rüdiger

PIPER
München Berlin Zürich

Mehr über unsere Autoren und Bücher:
www.piper.de

Von Elia Barceló liegen im Piper Verlag vor:
Das Geheimnis des Goldschmieds
Das Rätsel der Masken
Die Stimmen der Vergangenheit
Das schwarze Brautkleid
Töchter des Schweigens
Das Labyrinth der Liebe

MIX
Papier aus verantwortungsvollen Quellen
FSC® C083411
FSC
www.fsc.org

Ungekürzte Taschenbuchausgabe
September 2015

Titel der spanischen Originalausgabe:
»Por ti daré mi vida«, Grupo Edebé, Barcelona 2015

erschienen im Verlagsprogramm Pendo
Umschlaggestaltung: Mediabureau Di Stefano, Berlin
Umschlagabbildung: Nagib El Desouky/Arcangel Images
Satz: Fotosatz Amann, Memmingen
Gesetzt aus der Spectrum
Druck und Bindung: CPI books GmbH, Leck
Printed in Germany ISBN 978-3-492-30666-9

Für Nina, die im Herbst 2012
in der Wiener Staatsoper
in Alceste *sang.*

I

Als er die Augen öffnete, erfasste ihn ein heftiges Schwindelgefühl, sodass er sich an die Wand lehnen musste, während er mit den Händen krampfhaft die seltsamen Stangen umklammerte.

Er blickte sich um, in der Hoffnung, dass die vertraute Umgebung ihn beruhigen würde, doch der Schreck ließ ihn gleich wieder die Augen schließen. Wo waren die Berge? Die Bäume? Das Meer? Und der Himmel war weiß, obwohl an der Luft zu spüren war, dass es bald Nacht werden würde.

Nichts von dem, was er gesehen hatte, war ihm vertraut. Absolut nichts.

Er zwang sich dazu, tief einzuatmen, damit sein Herz sich beruhigte, das in seiner Brust raste wie ein galoppierendes Pferd. Doch die Luft war so kalt, dass er einen Stich in den Schläfen spürte, was ihn wieder flacher atmen ließ.

Was war mit ihm los?

Wo war er?

Er musste nur die Augen öffnen, um festzustellen, wo er sich befand, doch er wagte es nicht. Allein der Gedanke sich umzusehen, versetzte ihn in Panik.

Er verstärkte den Griff seiner Hände um das feste Material, um die Härte zu spüren. Er hatte keine Ahnung, was es war, das er berührte, doch er wusste, dass es da war und ihn nicht bedrohte. Sein Herz schlug weiterhin heftig wie eine Trommel.

Wovor habe ich nur solche Angst? Davor, die Augen zu öffnen? Warum nur? Was habe ich gesehen?

Er versuchte sich zu erinnern, während er mit der Schulter an der harten, eiskalten Wand lehnte, mit verkrampften Händen und fest geschlossenen Augen.

Menschen. Viele Menschen um ihn herum. Zu viele. Gepflasterter Boden. Sehr hohe Gebäude. Zu hoch. Eigenartige Bauten.

Er war in einer Stadt.

Er war in einer Stadt, und das war gut, denn Städte waren fortschrittlicher, die Einwohner waren Fremde gewohnt und niemand kümmerte sich um die anderen, es sei denn, jemand verhielt sich allzu auffällig.

Eine Weile beschäftigte er sich mit diesen Gedanken, ließ sie zu. Er kam zu dem Schluss, dass er fremd war in dieser Stadt. Darum waren ihm diese Gedanken gekommen. Doch er erinnerte sich weder daran, in welcher Stadt er sich befand, noch woher er gekommen war.

Er bemühte sich zu erkennen, welche Sprache um ihn herum gesprochen wurde. Doch er verstand kein Wort; außerdem hatte er den Eindruck, dass es nicht eine Sprache war, sondern viele. Er hörte Fragmente von Gesprächen, Lachen, Babyweinen, das Bellen eines Hundes, Teile eines Vortrages, den jemand in einer ihm unbekannten Sprache hielt ... das alles vor dem Hintergrund eines anhaltenden Geräuschs, eines sonoren Rauschens wie das von Wellen oder, besser, von Rädern. Von vielen Rädern, die unablässig über einen glatten Untergrund rollten, wie Marmorkugeln auf einem Marmorboden.

Es gab keine Vögel. Und auch keinen in den Bäumen rauschenden Wind. Das Grundgeräusch war das einer Stadt, eines Marktplatzes. Irgendetwas daran kam ihm bekannt vor. Auch wenn die Menschen äußerst seltsam angezogen waren, wie ihm aufgefallen war, bevor er die Augen geschlossen hatte.

»Geht es dir gut?«, hörte er plötzlich jemanden neben sich sagen. Überraschenderweise verstand er die Frage, obwohl sie in einer fremden Sprache gestellt wurde. »Brauchst du Hilfe?«

Er öffnete die Augen.

Eine sehr junge, sehr hübsche Frau mit kastanienfarbenem Haar, auf dem sie eine weiße Mütze mit einer grauen Quaste trug, sah ihn besorgt an. Sie roch gut. Nach Blumen.

»Ja. Nein«, hörte er sich erstaunlicherweise selbst sagen. »Danke. Es geht mir schon wieder besser. Ich bin heute ohne etwas zu essen aus dem

Haus gegangen, und mir war ein wenig schwindelig, aber es ist schon wieder vorbei.«

Hinter der jungen Frau ragte ein riesiges Gebäude auf, das ihr Gesicht einrahmte. Es war aus grauem Stein errichtet, mit Skulpturen geschmückt und hatte einen sehr hohen, spitz zulaufenden Turm. Das steile Dach war mit bunten Ziegeln bedeckt, die ein geometrisches Muster bildeten. »Eine Kathedrale«, sagte etwas in seinem Inneren. »Ein Gotteshaus.«

In diesem Moment trat ein weiteres, etwa gleichaltriges Mädchen zu ihnen, dessen Haar so hellblond war, dass es wirkte wie sehr feines Stroh; es trat zu seiner Freundin und hakte sich bei ihr unter, wobei es ihn lächelnd ansah.

»Mit mir ist alles in Ordnung«, bekräftigte er. »Vielen Dank, dass du nach mir gesehen hast, aber es ist wirklich nichts.«

»Dann können wir ja gehen«, sagte die Hinzugekommene und zog die andere am Arm. »Komm, Lessa, wir müssen weiter!«

Ich hatte keine Ahnung, warum, aber ich wusste, dass das dunkelhaarige Mädchen Celeste hieß, obwohl seine Freundin es Lessa genannt hatte. Die Blonde hieß Susanne und wurde Nanni gerufen.

Mit einem letzten Lächeln ließen sie ihn zurück. Die Mädchen gingen weiter, Arm in Arm und mit zusammengesteckten Köpfen. Wahrscheinlich unterhielten sie sich darüber, was mit dem gut aussehenden Jungen auf dem Fahrrad wohl los war. Er sah ihnen nach, als sie sich von ihm entfernten, wobei jedoch irgendetwas an ihnen, eine Art roter Nebelfaden, der von Lessa ausging, mit ihm verbunden blieb; er konnte ihn sehen, wie er sich um die Menschen schlängelte, die die breite Straße füllten. Er würde sie finden, wenn er sie brauchte.

Mit einem Blick auf seine Hände stellte er fest, dass er noch immer die beiden Enden der Stange fest umklammert hielt, als hinge sein Leben davon ab, und dass es sich tatsächlich um einen Fahrradlenker handelte. Es war ein großes Fahrrad. Hellblau. Aus Metall. Mit zwei Taschen an den Seiten, die mit Paketen und dicken Umschlägen gefüllt waren. Vorsichtig löste er eine Hand vom Lenker und führte sie an den Kopf. Er trug einen Helm, wie ein Soldat; einen extrem leichten Helm.

Er nahm ihn ab und betrachtete ihn ausführlich. »Plastik«, sagte er sich.

Es begann zu schneien, in großen, langsam herabsinkenden Flocken, die auf die vereisten Flächen fielen, sodass bald schon alles von einer weißen Schicht bedeckt war. Der Himmel wurde innerhalb weniger Minuten dunkel, und um ihn herum gingen die Lichter an, auch wenn ihm sein Gefühl sagte, dass es noch nicht sehr spät war. Die Lichter strahlten sehr hell, waren bunt und rauchten nicht.

Es wurde zunehmend kälter. Er musste sich bewegen.

Als er die Hände in die Taschen seiner Jacke steckte, fand er darin ein Paar Lederhandschuhe. Er zog sie an. Dann setzte er vorsichtig den Helm wieder auf und stieg auf das Rad, wobei er seinen Körper und nicht seinen Verstand entscheiden ließ, was zu tun war. Es funktionierte. Sein Körper erinnerte sich.

Er bog in eine Seitenstraße ein und ließ die Kathedrale hinter sich. Irgendetwas in seinem Inneren wusste, welche Bewegungen er machen musste, wie er den anderen größeren, schwereren Fahrzeugen ausweichen konnte – Autos –, die ihm entgegenkamen.

»Ich bin in Wien.« Der Gedanke kam wie aus dem Nichts, in derselben Sprache, in der er auch mit dem Mädchen gesprochen hatte: auf Deutsch.

»Das ist Wien. Österreich. Mitteleuropa. Wie seltsam! Europa … Die Kathedrale ist der Stephansdom. Wenn ich weiterhin dieser Straße folge, komme ich zum Ring. Ich muss zur Neubaugasse, um ein Paket abzugeben.«

Nach und nach fand jedes Teilchen seinen Platz, wenn auch sehr langsam, als müssten sie durch zähen Honig dringen, um an die richtige Stelle zu gelangen.

»Jetzt weißt du, wo du bist, wohin du unterwegs bist«, sagte er auf Deutsch zu sich selbst, während er am Museumsquartier bergauf radelte. »Das ist schon mal nicht schlecht, aber die zentrale Frage ist … wer bist du?«

Obwohl er wusste, dass es tatsächlich eine wichtige Frage war, erschien es ihm eingenartigerweise gar nicht so schlimm, sie nicht gleich beantwor-

ten zu können. Es würde ihm schon wieder einfallen, so wie es mit allem anderen auch gewesen war. Auf eine unbestimmte Art und Weise wusste er, dass dies nicht das erste Mal war, dass ihm etwas Derartiges passierte. Alles würde sich fügen. »Denk ein wenig darüber nach«, sagte ihm ein Teil seines Bewusstseins, während der andere Teil sich darauf konzentrierte, die richtige Hausnummer zu finden. »Wer bist du? Wie heißt du?«

Er stieg vom Fahrrad, sah noch einmal auf der Liste nach, die er bei sich hatte, und klingelte.

»Ja?«, fragte eine verzerrte Stimme, die aus einem kleinen grauen Plastikkasten kam. Der Gegensprechanlage.

»Der Bote«, hörte er sich sagen, womit er nicht nur die Frage der unbekannten Stimme, sondern auch seine eigene beantwortete. Er musste lächeln. Nun wusste er, wer er war. Er war ein Bote. Unter anderem. Das war er immer schon gewesen.

Schnell stieg er in den vierten Stock hinauf, ohne dass es ihm Mühe bereitete, mit leichten Füßen, als hätten sie Flügel.

»Bitte unterschreiben Sie hier.«

Die Empfängerin des Pakets war eine Frau mittleren Alters, die in ihrer Jugend einmal sehr schön gewesen sein musste. Ihre Augen waren so strahlend blau, dass es beinahe unnatürlich schien, und ihr Haar hatte die Farbe von reifem Weizen. Sie war schlank und an den richtigen Stellen wohlgerundet.

»Könnten Sie bitte hier unterschreiben?«, wiederholte er, während die Frau ihn unablässig ansah, als versuchte sie, sich ins Gedächtnis zu rufen, ob und woher sie ihn kannte.

Hinter ihr, im Flur, befand sich ein riesiger Spiegel mit Goldrahmen, in dem sie beide zu sehen waren, sie von hinten, er von vorn. Sein Gesicht war oval und wurde von recht langem Haar in einem hellen Kastanienton umrahmt. Er trug einen kurzen Bart und hatte eine breite Stirn, eine griechische Nase und dunkle, glänzende Augen. Sein Alter schätzte er auf Mitte zwanzig.

Die Frau unterschrieb, nahm das Paket entgegen, das kaum etwas wog, legte es auf eine Konsole im Flur – Amazon, las er; seltsam! Ein Paket *von einer Amazone? – und gab ihm eine Münze, die er in seine Tasche steckte, ohne sie anzusehen, da er immer noch mit seinem Spiegelbild beschäftigt war.*

Er erkannte sich nicht wieder, obwohl sein Abbild ihm auch nicht gänzlich unbekannt war; vielleicht würde ihm, wenn er sich noch eine Weile betrachtete, einfallen, wer er war und wie er hieß.

»Vielen Dank. Bis zum nächsten Mal.« Er wusste, was zu sagen war, ohne dass er darüber nachdenken musste. »Vertrauen Sie auf Hermes, wenn Sie wieder einmal etwas zu verschicken haben.«

Die Frau schloss leise die Tür, während er noch dort stand und auf den gold umrandeten Spion starrte, ein glänzendes Auge in der Dunkelheit.

Hermes.

Nun wusste er, wer er war.

Nun wusste er, wozu er gekommen war.

Lessa

Ich habe das Bild noch deutlich vor Augen: Es war gerade erst fünf Uhr nachmittags, aber es wurde bereits dunkel, und Schnee lag in der Luft; man konnte es riechen, es roch frisch, nach Schnee, nach Winter.

Ich weiß nicht, warum er mir auffiel, während ich am Ausgang der U-Bahn auf Nanni wartete, wahrscheinlich weil er gut aussah und irgendwie seltsam. Er klammerte sich an den Lenker seines Fahrrads, als hätte er sich verirrt, als hätte er mitten auf dem einsamen Ozean irgendeinen Anfall erlitten, als hätte er Angst, wenn er das Fahrrad losließ, im Meer der Menschen zu ertrinken.

Später, als wir die Kärtner Straße entlang in Richtung Oper gingen und uns darüber unterhielten, was wohl mit ihm los gewesen war, meinte Nanni, dass wir ihn um seine Handynummer hätten bitten sollen, und ohne zu wissen, warum, musste ich bei der Vorstellung lachen.

»Ich dachte, du willst eine gute Partie machen«, erinnere ich mich, gesagt zu haben. »Der arme Junge arbeitet für einen Botendienst. Damit kann man nicht reich werden. Mit dem, was er verdient, wird er dir nie die schicke Wohnung und die teure Kleidung kaufen können, die du dir wünschst. Außerdem bist du doch mit Lukas verabredet, oder?«

»Vielleicht studiert er Medizin und jobbt nebenbei als Paketbote«, fuhr Nanni fort, ohne auf meine Worte zu achten. »Und irgendwann ist er plastischer Chirurg und verdient sich eine goldene Nase.«

»Kehr um, wenn du möchtest, ich warte hier auf dich.«

»Na, du hast leicht reden, du hast ja einen Freund ...«

Ich konnte mir ein glückliches Lächeln nicht verkneifen. Ted war nicht nur seit einem Jahr, zwei Monaten und achtzehn Tagen mein Freund. Ted war alles für mich, genau wie ich für ihn. Und alle wussten es.

Wir waren gerade unterwegs, um ihm ein Geburtstagsgeschenk zu kaufen, ein Geschenk, für das ich das ganze Jahr gespart hatte, und danach, um halb acht, würden wir in das Lokal gehen, in dem er und seine Band an diesem Abend spielten.

Auch ich würde bald achtzehn Jahre alt werden, und obwohl ich mich – so wie jedes Mädchen in meinem Alter – leicht beunruhigt fragte, was die Zukunft wohl bringen würde, wollte ich mir nicht allzu viele Gedanken deswegen machen. Die Heimleiterin hatte mir versichert, ich könne wohnen bleiben, bis ich ein Studentenzimmer gefunden hatte, das ich mir von meinem Stipendium leisten konnte. Sie hatte sogar angedeutet, dass ich mir, wenn ich bereit wäre, mich ein wenig um die kleineren Kinder zu kümmern, etwas dazuverdienen könne, wobei sich das Waisenhaus natürlich nicht allzu viele Zusatzkosten erlauben konnte. Und zu helfen war für mich immer selbstverständlich gewesen. Nicht nur das, sondern es hatte mir auch die Sicherheit gegeben, die ich brauchte.

Andere Menschen haben Eltern, Geschwister, eine Familie. Wir nicht. Nanni, Ted, all unsere Freunde ... wir haben nur uns. Daher ist es wichtig, dass wir den Kleineren das geben, was wir gern gehabt hätten.

In Kürze würde ich die Matura machen und mein Studium am Konservatorium beginnen, an dem ich im letzten Frühjahr die Aufnahmeprüfung bestanden hatte. Ich würde mich voll auf mein Gesangsstudium konzentrieren und nach und nach meinen Platz in der Gesellschaft finden, zu der ich bisher nie gehört hatte, weil meine Eltern mich aus irgendwelchen Gründen gleich nach meiner Geburt weggegeben hatten.

Nie habe ich erfahren, wer sie waren oder woher ich komme. Im Heim wird erzählt, dass die Leitung, wenn einer der Bewohner achtzehn wird und die Schule abschließt, alles über dessen Herkunft preisgibt, was sie weiß, oder ihm zumindest die eigene Akte zu lesen gibt.

Ich glaube nicht, dass das stimmt, und ich weiß auch nicht, ob ich etwas über meine Herkunft erfahren wollte, wenn dem so wäre. Was würde es bringen?

Ich hatte Ted, der genauso war wie ich, der auch nicht wusste, woher er kam und wer seine Eltern waren. Ted, der mich liebte, so wie ich ihn liebte. Ohne Fragen. Bedingungslos. Ted, der alles für mich war.

Ted

Ich habe sie gleich gesehen, als sie kamen – zu spät, wie immer –, und hätte mich vor Lachen beinahe an meinem Saxofon verschluckt. Nanni hatte Schuhe mit hohen Absätzen an, auf denen sie kaum laufen konnte, und wäre fast die beiden Stufen hinuntergefallen, die von der Eingangstür in den Bereich vor der Bühne hinunterführten, in dem die Tische standen. Natürlich haben alle zu ihr rübergesehen, zuerst erschreckt, dann lächelnd. Zu ihr und Les.

So als wären sie wie alle anderen. Als wären sie einfach nur zwei hübsche, ein wenig verrückte Mädchen, das eine blond, das andere dunkelhaarig. Als wäre Les eine ganz normale Frau und nicht das wunderbarste Wesen auf der Welt.

Manchmal kam es mir seltsam vor, dass es anderen nicht auffiel. Wie war es möglich, dass sie nicht bemerkten, dass sie nicht einfach nur hübsch war, sondern sensationell aussah? Natürlich war das ein Glück für mich, weil so alle unsere Freunde sich für uns freuten und noch nie jemand versucht hatte, sie mir auszuspannen; zumindest nicht, dass ich wüsste.

Wie immer, wenn ich sie sah, spürte ich einen Klos im Hals und Schmetterlinge im Bauch. Doch ich versuchte, es mir nicht anmerken zu lassen, und spielte weiter, als wäre nichts, obwohl ich den Blick nicht von der Ecke des Lokals abwenden konnte, wo sie und Nanni sich zu unseren Freunden gesetzt hatten, als wäre Les ein strahlender Scheinwerfer, der alles andere in den Schatten stellte.

Sie war mein Licht, das einzige Licht in meinem ganzen Leben.

Vor fünfzehn Monaten noch hätte ich nie geglaubt, dass mir so etwas je passieren könnte. Ich bin immer ein Einzelgänger gewesen, und seit ich dreizehn, vierzehn Jahre alt war, hatte ich mich noch mehr von den anderen zurückgezogen; für mich gab es nur meine Musik, sodass ich ununterbrochen übte, immer, wenn es möglich war, um mehr und mehr Instrumente spielen zu lernen, mit jedem, der mir etwas beibringen konnte; wobei das Instrument, auf dem meine Hoffnungen für die Zukunft ruhten, die Geige war, denn ein wirklich guter Violinist konnte eine Festanstellung in einem Orchester erlangen und sich den Lebensunterhalt als Berufsmusiker verdienen.

Im Moment spielte ich jedoch hauptsächlich Saxofon und Klavier. Allmählich machten wir uns einen Namen und verdienten ein wenig mit gelegentlichen Gigs und den Auftritten jeden Dienstagabend im *Averno*. Obwohl wir dort erst seit drei Wochen regelmäßig von sieben bis zehn spielten, hatten wir uns schon ein ziemlich treues Publikum erobert, sodass der Besitzer mit uns zufrieden war. Und es kamen nicht nur Leute in unserem Alter; diesmal waren auch ein paar ältere Männer dabei, die wirklich etwas von der Sache verstanden und, mit einem Glas Whisky in der Hand, begeistert zuhörten. Einer von ihnen war mir aufgefallen, weil er Rotwein trank, was hier selten vorkam, und mir eine ganze Weile mit anerkennendem Blick beim Spielen zugesehen hatte. Was er sah und hörte, schien ihm außerordentlich zu gefallen, bis er plötzlich aufstand – entweder hatte sein Handy geklingelt, oder er wollte eine Zigarette rauchen – und in dem Gang verschwand, der zu den Toiletten und zur Hintertür führte.

In derartigen Momenten träumte ich gern von der Zukunft, sah lukrative Verträge, Konzerte im *Blue Note* und ein glückliches, erfülltes Leben vor mir, das ganz der Musik gewidmet war; Les und ich würden zusammen die Welt erobern.

Sie sah mich mit einem Lächeln an, das beinahe dazu führte, dass ich das Saxofon weglegte und mich in ihre Arme stürzte, nur um zu spüren, dass es wahr war, dass es sie wirklich gab, dass sie da war und tatsächlich zu mir gehörte, mich liebte.

Schon immer habe ich mich darüber gewundert, dass viele Frauen denken, uns Männern wären Gefühle, vor allem die Liebe, nicht wichtig. Dabei ist genau das Gegenteil der Fall: Es ist uns so wichtig, geliebt zu werden, wir sehnen uns so sehr danach, dass wir es verbergen müssen, damit die Frauen nicht merken, wie leicht sie uns manipulieren können.

Ich erinnere mich daran, dass ich mit geschlossenen Augen – es gibt Stücke, die man nur mit geschlossenen Augen spielen kann – die letzten Takte von *Just You in My Life* erklingen ließ, einem Song, den ich für Les geschrieben hatte, und als ich die Augen wieder öffnete, sah sie mich an. Da habe ich gedacht, dass ich trotz allem, trotz meiner miserablen Kindheit und all der vielen Momente, in denen ich vor Elend geheult habe, das große Los gezogen hatte, weil all das zu diesem Moment geführt hatte, zu diesem Blick von ihr.

Ich erinnere mich daran, als wäre es gestern gewesen, an ihre glänzenden Augen, ihr stolzes Lächeln, ihre Hand, mit der sie über den Anhänger strich, den ich ihr zu unserem Jahrestag geschenkt hatte.

Diesen Moment werde ich nie vergessen, denn in diesem Augenblick war ich absolut glücklich. Es war genau eine Woche vor meinem Geburtstag – und genau eine Woche, bevor der Albtraum begann.

Er konnte nicht aufhören zu lächeln. Der Wein war hervorragend, unglaublich, absolut göttlich. Die Musik war ungewohnt, gefiel ihm aber immer besser. Die Leute um ihn herum waren ruhig, jung, gesund, gut genährt; er fühlte sich wohl, sicher.

Es war gut, am Leben zu sein.

Er befand sich jetzt schon eine ganze Weile an diesem Ort, und noch immer war ihm nicht eingefallen, wer er war, was er hier machte, aber das war ihm auch nicht weiter wichtig. Es gab Wein, gut aussehende junge Menschen, angenehme Musik; vielleicht konnte er sogar etwas zu essen bekommen.

Er erhob sich spontan, und als er stand, verspürte er ein dringendes Bedürfnis, an das er sich von früher nicht erinnerte; er entschied, zuerst den Ort aufzusuchen, wo er sich erleichtern konnte, und sich danach nach etwas Leckerem zu essen umzusehen.

Im dunklen Flur war das Instrument zu hören, das dieser Junge spielte – ein Saxofon –, und das wie eine schluchzende, warme, verführerische Stimme klang. Er hätte diesen Jungen gern bei sich zu Hause, damit er jeden Abend für ihn spielen könnte, wie er jetzt spielte; nur für ihn, während er ein Glas von diesem hervorragenden Wein trank.

Er war sicher, dass all die anderen Bewohner seines großen Hauses diese Musik auch lieben würden, diese glänzenden Augen, die immer wieder in die linke Ecke des Raums blickten. Er musste unbedingt herausfinden, wer dort saß.

Abrupt blieb er mitten im Flur stehen. »Die anderen Bewohner seines großen Hauses«, hatte er gedacht. Welchen Hauses? Wo befand es sich? Wer lebte dort mit ihm?

Er fuhr sich mit der Hand über die Stirn, als könnte er so die Spinn-

weben beseitigen, die seine Erinnerungen bedeckten. Dann ging er in die Latrine und erleichterte sich. Und als er anschließend wieder in den Saal zurückkehrte, zeigte ihm eine junge Frau mit einem Ring in der Nase eine Liste mit verschiedenen Gerichten.

Er ließ seinen Körper die Wahl treffen, der mit Sicherheit am besten wusste, was er essen wollte. Sein Finger wies auf eines der Gerichte, und die Frau machte mit einer Geste deutlich, dass er an seinen Tisch zurückkehren konnte und sie ihm das Essen dorthin bringen würde, sobald es fertig war.

Er bemerkte eine leichte Unruhe hinter sich und machte es sich wieder bequem, während der Saxofonist eine sehr hübsche junge Frau trotz ihres lachenden Protests auf die kleine Bühne zog.

Kurz darauf schloss das Mädchen die Augen, die Band stimmte einen neuen Song an, und eine warme weibliche Stimme, die so voll und rund war wie der Wein, füllte den dunklen Raum. Summertime. *So hieß der Song, den offensichtlich alle Anwesenden kannten.*

Wie schön! Was für ein perfekter, vollkommen harmonischer Moment!

Er nahm einen letzten Schluck von dem Wein, als sein Essen serviert wurde, etwas, das aussah, als wäre es mit einem schweren Stein geplättet worden, aber gut roch. »Schinken-Käse-Toast mit Salat« hörte er irgendwo in seinem Inneren. Er bestellte noch ein Glas Wein und kaute genussvoll, während er den Entschluss fasste, einen der beiden jungen Musiker mit zu sich nach Hause zu nehmen.

Sobald er wusste, wo sich sein Zuhause befand, und sich für einen der beiden entschieden hatte. Den Saxofonisten oder die Sängerin.

Lessa

Es war nicht leicht. Doch nachdem wir beinahe sechs Stunden gefeiert hatten, anfangs alle, einschließlich der Kleinen, später dann nur noch die Älteren und schließlich nur noch der engste Freundeskreis, gelang es uns beiden, Ted und mir, doch noch, uns an unseren geheimen Zufluchtsort zurückzuziehen. Dabei handelte es sich um eine kleine Kammer am Ende des riesigen Speichers, der die gesamte obere Etage des Gebäudes einnahm.

Wir hatten diesen versteckten Winkel ein paar Monate zuvor entdeckt, als wir auf den Speicher hinaufgeschickt worden waren, um ein paar zusätzliche Stühle zu holen, die dort aufbewahrt wurden. Während ich mich bemüht hatte, den gröbsten Staub von den Stühlen zu entfernen, sah ich, wie Ted konzentriert auf die Wand starrte, mit einem Gesicht, als hätte er ein Gespenst gesehen. Ich bekam eine Gänsehaut.

»Was ist?«, fragte ich beinahe flüsternd. »Was ist da?«

»Ich weiß nicht. Vielleicht bilde ich es mir nur ein, aber ich könnte schwören, dass hier eine Geheimtür versteckt ist.«

Das Wort, das er gewählt hatte, war unheimlicher als die Sache an sich.

»Eine Geheimtür?«

»Ja, eine Tür, die jemand irgendwann für überflüssig hielt und übertapezieren ließ«, erklärte Ted, ohne den Blick von der Wand zu nehmen.

»Das würde ja bedeuten, dass dahinter vielleicht etwas versteckt ist; ein Schrank, ein Schatz, ein Raum …«

Ted war in die Hocke gegangen, hatte die Taschenlampe

gezückt, die er an seinem Schlüsselbund trug, und folgte mit den Fingern einem beinahe unsichtbaren Spalt an der Wand.

»Ein Schatz sicher nicht. Ein Raum glaube ich auch nicht, oder wenn, dann ein sehr kleiner; es könnte eine Art Kammer sein. Mal sehen. Könntest du die Tür zum Speicher fest schließen, damit uns niemand stört, und mir das Licht halten, dann sehe ich mal nach.« Er nahm das kleine Schweizer Taschenmesser, das er immer dabeihatte, und begann vorsichtig die Tapete einzuritzen.

»Du machst die Tapete kaputt!«

»Klar. Das ist die einzige Möglichkeit, die Tür zu öffnen; aber ich bin sehr vorsichtig, damit man hinterher nichts sieht. Wenn wir dort nichts Interessantes finden, können wir die Tür wieder schließen, und niemand wird etwas bemerken.«

Ich behielt den Eingang zum Speicher im Auge. Wir waren schon ziemlich lange weg, und jeden Moment konnte jemand hereinkommen, um nachzusehen, wo wir mit den Stühlen blieben.

»Keine Sorge«, meinte Ted, als könnte er meine Gedanken lesen, »alle werden denken, dass wir die Gelegenheit nutzen, um Dinge zu tun, die wir vor den anderen nicht machen können.« Er blickte zu mir auf und lächelte. »Eigentlich wäre das keine schlechte Idee … aber ich bin echt neugierig, was wir hier finden werden. Soll ich weitermachen?«

»Ja, mach weiter. Ich will auch wissen, was da ist.«

Schließlich gelang es uns, die Tür zu öffnen, und was wir sahen, verschlug uns nicht nur für einen kurzen Moment die Sprache, sondern zauberte uns auch ein Lächeln ins Gesicht. Wir standen tatsächlich vor einer Kammer, die jedoch größer war, als wir gedacht hatten; sie hatte sogar ein kleines Fenster nach Westen, zum Garten und dem kleinen Lärchenwald hin, und niedrige Dachschrägen, sodass Ted nur am Eingang aufrecht stehen konnte. An der hinteren Wand stand eine Art Sofa, das mit ein paar sehr alten Laken voller Staub und Spinnweben bedeckt war.

Ted legte mir den Arm um die Schultern, und ich spürte, dass er zitterte, während er sich an mich schmiegte.

»Unser Liebesnest, wenn du möchtest«, flüsterte er mir ins Ohr.

Ich sah zu ihm auf, und wir küssten uns zärtlich, bis er sich abrupt von mir löste; auf einmal hatte er es sehr eilig, was mich im ersten Moment enttäuschte. Doch gleich darauf, als ich den Grund dafür verstand, war mir klar, dass er recht hatte.

»Komm, Les. Das ist unser Geheimnis. Wir müssen vorsichtig sein, damit niemand es entdeckt. Wir bringen jetzt die Stühle runter, und später, wenn die Gelegenheit günstig ist, werde ich die Kammer für uns zurechtmachen.«

»Und ich?«

»Wenn das Gröbste erledigt ist, kümmerst du dich um die Einrichtung«, meinte er augenzwinkernd. »Ich gebe dir Bescheid, wenn es so weit ist. Und jetzt schnell, bevor sie uns entdecken!«

Seitdem waren beinahe vier Monate vergangen, und aus der geheimen Kammer war ein gemütliches Nest geworden: Wir hatten Bettwäsche, eine hübsche Tagesdecke und Kissen hinaufgebracht, ein paar Kerzen aufgestellt, zwei Gläser, eine Flasche Wein und ein paar Leckereien besorgt, Poster an die Wände gehängt und unsere Liebslingsbücher dort deponiert. Wir hatten unsere gesamten Ersparnisse darin investiert, alles, was ich mit Babysitten und ein paar Gesangsauftritten auf Hochzeiten verdient hatte und er mit seinen Gigs.

Was uns wirklich schwerfiel, war, das Zimmer vor den anderen geheim zu halten, nicht jeden freien Moment dazu zu nutzen, in »unsere Wohnung« hinaufzugehen, um zu lesen, zu plaudern oder uns eine Weile hinzulegen. Wir fühlten uns dort derart wohl, derart »zu Hause«, dass wir uns gegenseitig daran erinnern mussten, nicht darüber zu sprechen. Denn wenn die anderen davon erfahren würden, hätten wir es nicht mehr für uns allein.

Daher feierten wir an Teds Geburtstag bis zum Schluss mit, und als die anderen sich ziemlich angeheitert zurückzogen, gaben wir vor, noch etwas im Fernsehraum bleiben zu wollen, sodass alle dachten, wir wollten noch ein bisschen für uns sein und herumknutschen. Doch sobald es still im Haus war, stiegen wir zu unserem Nest hinauf.

Dort nahm Ted das Geschenk aus der Tasche, das ich ihm ein paar Stunden zuvor gegeben hatte, streichelte es, als wäre es lebendig, zog sich Pullover und Hemd aus und schlüpfte in die schwarze Lederjacke, um sie direkt auf der Haut zu tragen. Währenddessen zündete ich eine orangefarbene Kerze und ein Räucherstäbchen der Duftnote »Weißer Salbei« an.

Ted sah so gut aus, dass es beinahe wehtat, und seine Augen glänzten wie Kieselsteine auf dem Grund eines Gebirgsbachs.

»Danke, Les«, sagte er leise. »Das ist das Schönste, was ich je hatte. Abgesehen von dir«, fügte er lächelnd hinzu.

»Gefällt sie dir wirklich?«

»Du weißt, dass ich mir schon immer eine solche Lederjacke gewünscht habe, aber es gefällt mir nicht, dass du alles, was du in diesem Jahr verdient hast, dafür ausgegeben hast.«

»Aha. Dann hast du wahrscheinlich vergessen, dass du, als du dir das Geld für eine Lederjacke zusammengespart hattest, mir davon stattdessen das hier gekauft hast.« Ich hielt ihm meine Hand hin, in der der wunderschöne Anhänger lag, den er mir zu unserem ersten Jahrestag geschenkt hatte.

Er umarmte mich so fest, dass es schien, als würden wir ineinander verschmelzen, um nie wieder getrennt zu sein.

Als wir uns voneinander lösten, öffnete Ted die Arme, womit er unser geheimes Ritual einleitete. Ich tat es ihm nach, nachdem ich die Ärmel meiner Strickjacke, die ich über dem Kleid trug, hochgeschoben hatte. Wir standen uns gegenüber, die Handflächen auf Schulterhöhe, die wir dann so weit einander annäherten, dass die Tätowierungen auf unseren Handgelenken aufeinanderlagen: sein linker Arm an meinem rechten, sein rechter Arm an meinem linken; sein halbes Labyrinth an meinem halben Labyrinth. Zusammen eine Einheit, das vollständige Labyrinth. Und wenn wir uns liebten, vereinten wir das Mandala, das sich jeder von uns zur Hälfte auf den Bauch hatte tätowieren lassen.

Wir verschlangen unsere Hände ineinander.

»Für immer«, flüsterte ich, bevor unsere Lippen sich berührten.

»Für immer, Les, für immer.«

Ted

Ich hatte Les nichts gesagt, damit sie nicht zu viel erwartete und weil der Abend meines Geburtstages so perfekt war, so wunderbar, dass es mir nicht nötig schien, noch etwas hinzuzufügen. Gute Nachrichten, die Hoffnungen weckten, musste man gut einteilen, damit man sich mehrfach freuen konnte; zumindest hatte ich es so im Laufe der Jahre gelernt: Wenn man zwei gute Nachrichten auf einmal mitgeteilt bekam, freute man sich nur einmal darüber. Wenn man eine gute Nachricht gleich und die andere drei Tage später erfuhr, konnte man sich zweimal freuen.

Und wenn man ein Leben wie das meine führte, war es unendlich wertvoll, sich ab und zu einmal über etwas freuen zu können.

Außerdem war gar nicht sicher, ob es wirklich eine gute Nachricht war. Noch nicht.

Es war nur so, dass am letzten Dienstag, als ich Les nach langem Bitten dazu überreden konnte, mit uns zu singen – »Lieber nicht, das kann ich nicht, ich bin doch lyrische Sängerin, das ist mir peinlich …« –, etwas Unerwartetes passiert war: Der Typ mit dem Weinglas, der uns die ganze Zeit zugesehen hatte, fing mich in der Pause auf dem Weg zur Toilette ab und fragte nach meiner Handynummer.

»Entschuldige, dass ich dir nicht meine Karte gebe, aber eigentlich wollte ich nur einen kurzen Spaziergang machen und gleich wieder nach Hause gehen. Deshalb habe ich die Karten nicht eingesteckt«, meinte er. »Ich will dir nichts vormachen; ich bin kein Musikagent oder so etwas. Aber ich liebe

Musik und bin … ich weiß gar nicht, wie ich es nennen soll … es klingt so altmodisch … aber ich bin so etwas wie ein Mäzen. Ich habe genug Geld, um mir zu kaufen, was ich will, und um Leute zu unterstützen, an die ich glaube. Wenn ich es mir vornehme, kann ich dich ganz nach oben bringen.«

Ich musste schlucken. Das war zwar nicht genau das, was man in den Filmen sah, wovon ich so oft geträumt hatte, als ich in den Betten der verschiedenen Waisenhäuser oder Pflegefamilien lag, die mich nach ein paar Monaten zurück ins Heim gegeben hatten. Aber es kam dem schon sehr nahe.

Mir war nicht recht klar, was er mir anbot. Denn ein Angebot war es zweifellos. Nur hatte er mir noch nicht gesagt, was er als Gegenleistung erwartete.

»Ich habe ein sehr großes Haus, so eines, wie man es von seinen Eltern erbt, weißt du? Heute würde sich kein Mensch mehr so einen Kasten kaufen. Dort organisiere ich Feste, Ausstellungen, Theaterpremieren, Konzerte … Es ist immer etwas los, denn es ist äußerst deprimierend, wenn so viele Zimmer leer stehen und verstauben. Ich habe lieber Leute um mich. Du könntest dort auftreten. Sogar dort wohnen, wenn es dir gefällt.«

Wollte er, dass ich mit der Band bei ihm auftrat oder alleine? Und was meinte er damit, dass ich dort wohnen könnte? Bot er mir einen Proberaum an, eine Art Stipendium, ein Zimmer in seinem Haus?

»Es hat keine Eile«, fuhr er fort. »Denk darüber nach. Ich schicke dir eine Nachricht aufs Handy, damit du meine Nummer hast. Wenn es dir recht ist, rufe ich dich in ein paar Tagen an. Und was die Bezahlung angeht, brauchst du dir keine Sorgen zu machen. Ich zahle gut.« Er lächelte freundlich. Es war ein offenes Lächeln, er hatte gute Zähne. Seine Kleidung war dezent, aber teuer. »Ich zahle, was du willst. Es ist lange her, dass mich Musik so glücklich gemacht hat. Wirklich.«

Einen Moment später war er verschwunden, und als ich auf die Bühne zurückkam, hatte Eva, die Kellnerin, mir ein großes Bier aufs Klavier gestellt, eine Aufmerksamkeit des Fremden. Da fiel mir auf, dass er mir gar nicht seinen Namen genannt hatte.

Kurz darauf erhielt ich eine SMS, in der lediglich stand: *Denk darüber nach, Ted. Ich würde mich freuen, wenn Du mein Angebot annimmst.* Da ich seinen Namen nicht kannte, speicherte ich die Nummer unter *Herr Averno*, dem Namen des Lokals.

Exakt an meinem Geburtstag, als ich schon darüber nachdachte, ihn anzurufen, um ihn an unser Gespräch zu erinnern und ihm zu sagen, dass ich natürlich gern auf einem seiner Feste spielen würde, sowohl mit der Band als auch allein, erhielt ich eine weitere SMS von ihm: *Was ist, Ted? Willst Du zu uns gehören? Ja oder nein?*

Ich hätte gern mit Les darüber geredet, bevor ich antwortete, aber zum einen hatte ich Angst, diese einmalige Chance zu verpassen, und zum anderen wollte ich sie überraschen. Außerdem hatte ich nicht die Möglichkeit, mit ihr allein zu reden, bei all den Leuten, die mit uns feierten, sodass ich keine zehn Minuten später zurückschrieb: *Die Antwort ist Ja. Sagen Sie mir wo und wann. Danke.*

Als er die Antwort des Jungen erhielt, verspürte er ein angenehmes Kribbeln in seinem geliehenen Körper. Er hatte Ja gesagt. Hervorragend. Jetzt musste er nur noch alles arrangieren, um ihn zu sich zu holen.

Es war eigenartig, wie sehr sich die Welt verändert hatte, aber er konnte sich nicht beklagen. Nie hätte er damit gerechnet, noch einmal lebendig zu sein, und nun war es doch dazu gekommen. Und er war mit allen nötigen Eigenschaften ausgestattet. Das Einzige, was ihm jetzt noch fehlte, war seine Ehefrau, und er wusste, dass es nicht leicht werden würde, sie zu überzeugen. Sie hatte sich in seinem Haus nie wohlgefühlt, und ihre Mutter, diese arrogante Kreatur, die er niemals Schwiegermutter nennen würde, hatte alles getan, um ihre Ehe für nichtig zu erklären; dennoch war er sicher, genügend Liebesbeweise geliefert zu haben. Er war sogar davon überzeugt, dass es Momente gegeben hatte, in denen seine Frau ihn wirklich geliebt hatte.

Er würde sie suchen. Er würde ihr beweisen, wie sehr er sie liebte. Er würde ihr alles geben, was in seiner Macht stand, um sie wieder an seiner Seite zu wissen.

Aber jetzt musste er erst einmal dafür sorgen, dass Ted in sein Haus kam. Vielleicht würde seine Musik ihm dabei helfen, sie zu überzeugen.

Lessa

Als Claudia zu mir kam, kümmerte ich mich gerade um die Kleinen. Man sah ihr sofort an, dass sie schlechte Nachrichten hatte, aber in dem Moment war ich mir sicher, dass es etwas mit unserem Heim zu tun hatte. Wir ahnten schon lange, dass wir das Gebäude irgendwann würden räumen müssen, auch wenn wir keine Alternative hatten, weil es hieß, dass die Verwaltung entschieden hatte, es restaurieren zu lassen: Die Leitungen stammten praktisch aus dem neunzehnten Jahrhundert, genau wie die Bäder und die Küche; die Fassade bröckelte, und die Schlafzimmer waren vorsintflutlich. Wir wussten, dass man uns früher oder später auf andere modernere Waisenhäuser verteilen würde und dass nach der Restaurierung des unseren die meisten von uns, die wir das ganze Leben hier verbracht hatten, zu alt sein würden, um wieder hier zu wohnen. Wenn es also wirklich darum ging, bedeutete das für uns die endgültige Ausquartierung. Man würde uns wie Adam und Eva aus unserem Zuhause vertreiben, das zwar kein Paradies war, aber das einzige, das wir kannten und als unser Heim bezeichnen konnten.

Es wäre eine furchtbare Nachricht gewesen, aber mir wurde schnell klar, dass es darum nicht ging. Es war noch schlimmer. Ich brauchte nur in Claudias Augen zu sehen, aus denen Tränen flossen, die ihr über die Wangen rannen, über das von Sorgenfalten überzogene Gesicht, während ihre Hände sich ineinanderkrampften und ihr die Stimme im Hals stecken blieb.

»Lessa … Celeste … Süße … komm bitte mal für einen Moment … ich muss dir etwas sagen …«

»Die Kinder …«, entgegnete ich, ohne den Satz zu beenden. Denn ich konnte die Kleinen nicht allein lassen. Ich passte auf die unter Dreijährigen auf, von denen es im Waisenhaus nicht viele gab, weil sie am ehesten adoptiert wurden, während die älteren Kinder nur selten das Glück hatten.

»Keine Sorge … Tini wird sich um sie kümmern.«

Wir gingen hinaus auf den Flur. Der war mir noch nie so breit vorgekommen, die Decke nie so hoch, mit den furchtbaren weißen Kugellampen, die alle zehn Meter groß, bleich und traurig herabhingen.

Claudia, die Leiterin des Waisenhauses, die meine Großmutter hätte sein können, nahm meine Hände und wollte etwas sagen, doch sie brachte kein Wort heraus.

»Was ist passiert, Claudia, was ist los?«, gelang es mir schließlich zu fragen.

»Ted«, war das einzige Wort, das aus ihrem Mund kam.

Ich spürte, wie ich den Boden unter den Füßen verlor. Ich weiß, dass das nicht sehr originell ist, aber es war exakt das, was ich fühlte: als stürzte ich vom Gipfel eines hohen Berges in die bodenlose Tiefe.

»Ted?« Ich rang nach Luft und war nicht dazu imstande, irgendetwas Intelligenteres zu fragen.

»Er hatte einen Unfall, Les. Er ist im Krankenhaus. Es geht ihm sehr schlecht …« Claudias Stimme brach, und sie begann zu weinen, wie ich es noch nie bei ihr erlebt hatte.

Ich weiß nicht, woher ich die Kraft nahm zu fragen: »Lebt er?«

Claudia nickte ein paarmal. Sie war nicht in der Lage zu reden. Ihr Schluchzen verhinderte jede weitere Kommunikation.

Es war schrecklich. Es war das Schrecklichste, was mir je

passiert war, aber gleichzeitig war es auch eine gute Nachricht. Er lebte. Das war das Wichtigste.

»Ich will zu ihm, Claudia.«

Sie nickte heftig. Noch immer konnte sie nicht sprechen.

»Bitte komm!«, flehte ich. »Wir dürfen keine Zeit verlieren!«

Ich hatte keine Ahnung, warum ich so ruhig blieb, zumindest äußerlich.

»Fährst du, oder rufen wir ein Taxi?«, fragte ich, weil Claudia nicht fähig war, irgendeine Entscheidung zu treffen.

»Taxi«, meinte ich sie sagen zu hören.

»Ich hole meine Jacke.«

Widerwillig ließ sie meine Hände los. Anschließend war ich offensichtlich die drei Etagen zu meinem Schlafzimmer hinaufgegangen, auch wenn ich mich nicht wirklich daran erinnern konnte. Ich teilte das Zimmer mit drei anderen Mädchen meines Alters – ein Privileg, in dessen Genuss man im letzten Jahr vor der Matura kam –, und als ich es betrat, war nur Anni dort. Sie reichte mir wortlos meine Jacke, ihre Augen schwammen in Tränen. Sie wusste es schon.

»Gib ihm einen Kuss von mir«, sagte sie.

Eine Minute später war ich wieder unten und wartete zusammen mit Claudia auf das Taxi. Es hatte angefangen zu schneien, und nach und nach bedeckten die großen, schweren Flocken die Landschaft. Doch ich spürte die Kälte des Schnees nicht. Die Kälte in mir war viel intensiver, viel schlimmer. Es war eine schreckliche Vorstellung, dass Ted sterben könnte und ich auf dieser Welt wieder allein wäre.

Das Taxi kam, Claudia nannte die Adresse, und wir fuhren durch das verschneite Wien, während die Flocken immer dichter fielen, in einer Stille, die nur durch Claudias Schluchzen unterbrochen wurde. Seltsamerweise weinte ich nicht. Ich wollte nicht wahrhaben, was passiert war; ich wollte mir

Ted nicht schwer verletzt vorstellen, halb tot in einem Krankenhausbett. Ich dachte, wenn ich es nicht in Worte fasste, könnte ich vielleicht vermeiden, dass es Realität würde. Vielleicht handelte es sich ja um eine Verwechselung. Vielleicht würde uns Ted, wenn wir im Krankenhaus ankamen, entgegenkommen und erklären, dass alles ein Missverständnis war, dass der Junge, der in dem Krankenhausbett ums Überleben kämpfte, ein anderer war, der nichts mit uns zu tun hatte. Ich würde ihn umarmen, das weiche Leder seiner Jacke spüren, meinen Kopf an seine Halsbeuge schmiegen, seinen Duft einatmen, unseren Duft, und dann würden wir drei zusammen mit demselben Taxi zurück nach Hause fahren. Claudia würde sich im Eingangsbereich verabschieden, völlig erschöpft von dem Schock, den sie erlitten hatte, und Ted und ich würden uns für ein paar Stunden in unser Liebesnest auf dem Speicher zurückziehen, bis jeder in sein Schlafzimmer gehen würde, damit niemand von unserem geheimen Rückzugsort erfuhr.

Wir kamen am Krankenhaus an, und man sagte uns, wo Ted sich befand: auf der Intensivstation.

Es war noch nicht spät, aber die Flure waren wie ausgestorben – es war außerhalb der Besuchszeit –, und alles wirkte dunkel, obwohl das Licht eingeschaltet war.

Wir konnten ihn durch eine Glasscheibe sehen, als wäre er in einem Schaufenster ausgestellt.

Ted lag in einem Bett und war an jede Menge seltsame Geräte mit grünen und roten Lämpchen angeschlossen. In seiner linken Hand steckte ein Infusionsschlauch, und er hatte eine Art Sauerstoffmaske über Nase und Mund.

Eine Krankenschwester kam zu uns herüber und blieb schweigend neben uns stehen.

»Darf ich hineingehen?«, fragte ich.

»Gehörst du zur Familie?«

»Ted hat keine Familie«, antwortete Claudia, die sich inzwischen ein wenig beruhigt hatte, an meiner Stelle. »Er ist Waise. Ich bin die Leiterin des Heims, in dem er lebt.«

»Ich bin seine Freundin«, sagte ich beinahe gleichzeitig. »Ich bin die einzige Familie, die er hat.«

Die Krankenschwester schien einen Moment darüber nachzudenken.

»Du darfst kurz hineingehen. Aber nur für einen Moment. Er braucht Ruhe.«

»Was ist mit ihm passiert?«, fragte ich leise. Wir waren nicht im Zimmer, konnten ihn nicht stören, dennoch widerstrebte es mir, in normaler Lautstärke zu sprechen.

»Ein Verkehrsunfall. Alles sehr merkwürdig, wie man mir erzählt hat. Er ging auf dem Bürgersteig. Plötzlich fuhr ein Lieferwagen völlig grundlos auf den Fußgängerweg, erwischte ihn und schleuderte ihn gegen die Fassade eines Hauses. Der Wagen ist einfach weitergefahren.«

»Wird er wieder gesund?«, fragte Claudia.

Die Krankenschwester zuckte mit den Schultern.

»Wir hoffen es, aber im Moment ... Sie sehen es ja. Der Arme! Geh ruhig rein, wenn du möchtest, aber bitte nur kurz.«

Im Zimmer roch es irgendwie nach Chemie, wahrscheinlich nach Medizin, vielleicht auch nach Angst, nach Tod. Ich trat näher zu Ted, der sehr blass war. Er war bewusstlos oder schlief. Einer seiner Arme war verbunden, und seine Beine waren möglicherweise eingegipst, was ich nicht richtig sehen konnte. Im Gesicht hatte er dunkle Hämatome, am linken Auge und am Kinn. Plötzlich war er nicht mehr der starke, sportliche Junge, den ich kannte und der in der Lage war, mich auf den Arm zu nehmen, mich herumzuwirbeln, mich auf der Schulter zu tragen. Sein Gesicht war jetzt das eines kleinen, einsamen verletzten Kindes, das auf seine Mutter wartet.

Ich spürte die Tränen über meine Wangen rinnen, ganz von allein und unablässig. Sie liefen rechts und links an meinem Mund vorbei und tropften auf mein Shirt, das immer nasser wurde.

»Ted«, flüsterte ich, »Schatz. Was ist mit dir passiert? Wie geht es dir? Hast du Schmerzen?«

Ich erhielt keine Antwort. Seine Brust hob und senkte sich sehr langsam, als kostete es ihn unendlich viel Kraft weiterzuatmen.

Ich strich ihm mit der Hand über die Stirn. Küsste ihn vorsichtig, um ihm nicht wehzutun. Doch er blieb weiterhin bewusstlos, schlief tief und fest wie im Märchen. Ich konnte nicht glauben, dass dieses verletzte Kind mein Ted war, der Mann meines Lebens, der Junge mit dem starken Charakter, der immer wusste, wo es langging, der mir versprochen hatte, immer bei mir zu sein, mich zu beschützen, für immer zu lieben. Bedingungslos.

Die Krankenschwester bedeutete mir von draußen, dass es Zeit war, wieder aus dem Zimmer zu kommen. Doch ich wollte nicht gehen, wollte ihn nicht allein zurücklassen. Was, wenn er Albträume hatte, aus denen er nicht erwachen konnte, und sich einsam fühlte? Ich hatte Angst, dass er plötzlich aufhören könnte zu atmen und ich nicht da wäre, um seine Hand zu halten und bis zum letzten Atemzug bei ihm zu sein.

Zu Beginn unserer Beziehung, als wir uns noch nicht gesagt hatten, wie sehr wir uns liebten, wie wichtig jeder von uns für den anderen war, hatte ich mir oft eine solche Situation vorgestellt: Ted verletzt, krank, in Lebensgefahr. Wie ich ihn besuchte, bei ihm war, mein Leben für seines geben würde, ihm deutlich machte, wie wichtig er für mich war, ihm meine bedingungslose Liebe bewies.

Und nun … plötzlich war es wahr geworden. Meine dummen Träume waren in Erfüllung gegangen, ich konnte nicht mehr zu ihm vordringen, und es war völlig bedeutungslos, wie viele Opfer ich zu bringen bereit war. Es wäre nutzlos. Jeder hatte sein Schicksal, und wie es aussah, war es Ted vorbestimmt, nach einem Unfall in einem Krankenhausbett zu liegen, ohne zu wissen, dass ich bei ihm war, an seiner Seite, und bei ihm bleiben würde, so lange es nötig war.

Die Krankenschwester öffnete die Tür und sah mich vorwurfsvoll an, als sie mir befahl, das Zimmer zu verlassen.

»Er braucht Ruhe, wie ich ja bereits gesagt habe.«

»Ich möchte bei ihm sein. Ich störe nicht, das schwöre ich, aber ich muss hier sein, falls er aufwacht und mich braucht.«

Die Krankenschwester schüttelte den Kopf, ohne mich anzusehen.

»Er wird nicht aufwachen. Zumindest nicht heute Nacht. Ganz sicher nicht. Du kannst nach Hause gehen. Ich rufe an, wenn sich etwas ändert.«

»Bitte, ich muss hierbleiben. Ich will bei ihm sein!«

Sie kniff die Lippen zusammen.

»Du kannst nicht da drinbleiben.«

»Und hier draußen?«

»Wenn du unbedingt willst, kannst du in den Warteraum dort drüben gehen. Aber es wird nichts bringen, und es ist unbequem auf den Plastikstühlen.«

»Das ist mir egal.«

Claudia strich mir über die Wange.

»Möchtest du, dass ich bei dir bleibe, Lessa?«

»Nein. Geh nach Hause. Alle sind beunruhigt. Sag ihnen, dass ich hier bin und anrufe, wenn es etwas Neues gibt.«

»Aber du hast nicht mal etwas zu lesen dabei …«

»Mach dir keine Sorgen, Claudia. Vielen Dank, dass du mitgekommen bist. Wir telefonieren morgen. Ich gehe nicht zum Unterricht. Könntest du Bescheid sagen?«

»Natürlich.«

Wir umarmten uns schweigend, und ich blickte ihr nach, als sie ging, mit hängenden Schultern, als wäre sie in wenigen Stunden um Jahre gealtert. Ich sah zu, wie sie in den Aufzug stieg und verschwand. Sie war nicht wie eine Mutter für mich, zumindest nicht wie eine Mutter, wie ich sie mir vorstellte. Doch ich kannte sie beinahe mein ganzes Leben lang und wusste, dass sie mich gernhatte und dass Ted für sie jemand Besonderes war, obwohl er erst seit zwei Jahren bei uns wohnte. Nach der Schließung des Waisenhauses in Salzburg, wo er aufgewachsen war, hatte man ihn zu uns nach Wien geschickt, wo er bleiben sollte, bis er achtzehn würde und volljährig wäre.

Claudia liebte Musik, und Ted war ein begnadeter Musiker. Das verband sie automatisch. Daher war dies für sie, als wäre ihr Sohn, der Sohn, den sie niemals hatte, plötzlich in Lebensgefahr. Dennoch machte ich mir keine Sorgen um sie. Sie hatte ihr Leben außerhalb des Waisenhauses, ihren Mann, ihre Freunde, ihre Konzerte, ihre Ferien ... während Ted und ich niemanden hatten, nur einander.

Ted

Ich könnte sagen, dass ich mich an nichts erinnere, und es wäre die Wahrheit, weil es mir nicht auf die gleiche Art im Gedächtnis geblieben ist wie meine Geburtstagsfeier oder Lessas Lächeln in unserem Versteck. Das Einzige, was ich vor mir sehe, wenn ich mich anstrenge, sind schnell hintereinander aufblitzende Bilder, wie in einem Videoclip, in dem nichts länger als eine halbe Sekunde gezeigt wird, sodass das Gehirn erst die Einzelteile zusammensetzen muss, bis man glaubt, eine Vorstellung von dem zu haben, was passiert ist.

Ich weiß, dass ich die Landstraße entlanggegangen bin und darüber nachgedacht habe, ob ich lieber allein auf dem Fest dieses Millionärs auftreten sollte, mit dem Saxofon, was ihm offenbar so sehr gefallen hatte, und zur Abwechslung mit der Violine, die immer gut ankam, oder ob ich die Jungs von der Band mitnehmen sollte, um zu viert zu spielen: Keyboard, Schlagzeug, Bass und ich.

Ich konnte fragen, ob es vielleicht ein Klavier in dem Haus gab – natürlich gab es ein Klavier in einem so großen, feudalen Anwesen, wie er es angedeutet hatte, aber es konnte verstimmt sein, wenn es nicht oft benutzt wurde –, und ihm demonstrieren, dass es eines der Instrumente ist, die ich am besten beherrsche. Vielleicht wollten seine Gäste gern das ein oder andere klassische Stück hören und nicht nur Jazz.

Ich konnte mich nicht entscheiden, unter anderem, weil wir noch nicht wirklich über die Bezahlung gesprochen hatten. Er hatte zwar behauptet, großzügig zu sein, aber noch hatte ich keine Ahnung, welchen Betrag er im Sinn hatte und ob er hoch genug für vier sein würde.

Es war noch nicht spät, aber bereits dunkel, und weil es wieder begonnen hatte zu schneien, hatte ich die Kapuze hochgezogen und hielt den Kopf gesenkt, sodass ich kaum etwas mitbekommen habe.

Deshalb und weil der Lieferwagen von hinten kam.

Wobei ich in jenem Moment natürlich nicht wusste, dass es ein Lieferwagen war. Ich erinnere mich nur an ein metallisches Geräusch – im Nachhinein denke ich, dass das der Kotflügel war, der beim Auffahren auf den Bürgersteig über den Bordstein schrammte –, dann an das laute Aufheulen eines Motors, so nah, dass ich mich erschreckt umwandte, bevor ich, eine Mikrosekunde später, nach einem heftigen Aufprall gegen die Wand geschleudert wurde.

Danach erinnere ich mich an nichts mehr außer an das Geräusch von splitterndem Glas, einen langen Schrei, vielleicht von mir, und eine Reihe von Schuhen, die um mich herumliefen.

Aber vor den Schuhen drängt sich mir immer wieder ein Bild auf: das Gesicht eines Jungen meines Alters oder etwas älter, mit ziemlich langem Haar und glänzenden Augen – extrem glänzenden Augen – am Steuer eines schwarzen Lieferwagens. Außerdem habe ich – auch wenn es vielleicht nur ein Traum ist oder eine Halluzination oder ein Albtraum – ständig eine Aufschrift in griechisch anmutender Schrift oberhalb des Gesichts des Fahrers vor Augen. Und einen Namen: *Hermes Botendienst.*

Ich hätte es der Polizei gesagt, wenn sie mich gefragt hätte, aber soweit ich weiß, hat sie das nicht. Was ich sicher nie vergessen werde ist der Schmerz in meinen Beinen, als wäre etwas darin explodiert; und noch mehr Schmerzen, die ich nicht wirklich zuordnen kann.

Dann nichts mehr. Dunkelheit. Schmerz. Stille. Ein Pochen wie ein Herzschlag, heftig, hartnäckig, schmerzhaft.

Irgendwann meinte ich, Lessas Parfüm zu riechen, ihre Hand auf meiner Stirn zu spüren, auf meiner Wange. Aber es ist möglich, dass dies das Ende meines Lebens ist und mir mein tödlich verwundetes Gehirn diese Wahrnehmungen nur vorspielt, um den Gedanken erträglicher zu machen, dass ich mit achtzehn Jahren sterben werde. Allein. Ohne Les.

II

Der junge Mann stellte den Lieferwagen auf dem großen Vorplatz vor der Villa ab, machte sich nicht die Mühe, das Auto abzuschließen, ließ es einfach stehen, ging die fünf Stufen zum Hauseingang hinauf und betätigte den schweren bronzenen Türklopfer.

Kurz darauf öffnete eine orientalisch aussehende junge Frau in Dienstmädchenkleidung die Tür und geleitete ihn in einen minimalistisch eingerichteten Raum, in dem nur ein seltsames cremeweißes Möbelstück stand, das wohl ein Sofa war, ein Gesteck aus Bambus und Orchideen und eine Art niedriges Tischchen, auf dem ein paar Bücher und Esoterik-Zeitschriften lagen. Durch die großen Fenster fiel das gräuliche Morgenlicht herein, ohne Schatten zu werfen, sodass alles im Zimmer eigenartig zweidimensional wirkte, als wäre es nur aufgemalt.

Das leise Geräusch von Schritten kündigte dem Besucher an, dass der Hausherr sich näherte.

Die beiden Männer sahen sich ein paar Sekunden lang schweigend an. Dann zeichnete sich in beiden Gesichtern ein Lächeln ab, als wäre der eine das Spiegelbild des anderen.

»Es ist lange her, Bruder!«

»Ja, sehr lange!«

Sie umarmten sich, und als sie sich wieder voneinander lösten, hielten sie sich weiterhin an den Unterarmen und betrachteten sich aus der Nähe.

»Trotz allem bist du immer noch der Alte«, sagte der junge Mann.

»Trotz allem?«

»Früher warst du größer, kräftiger. Wie ein Fels in der Brandung, habe ich immer gedacht.«

Der Hausherr legte den Kopf zurück und lachte laut. Seine Bewegungen hatten etwas Löwenartiges.

»Vielleicht war ich das, kleiner Bruder. Du warst in meinen Augen immer schnell wie ein Falke.«

»Das ist wohl mein Schicksal, wie es scheint. Es war schön, deine Stimme zu hören ... Am ... Telefon?« Beide lachten leise. »Seltsam, dass sie immer noch Worte aus unserer alten Sprache benutzen.«

»Kann ich dir ein Glas Wein anbieten?«

»Sehr gern.«

Ein kurzes Händeklatschen genügte, und das Dienstmädchen brachte eine Flasche und zwei Gläser auf einem Silbertablett. Die Frau stellte es auf dem kleinen Tisch ab, auf die Zeitschriften, und verschwand genauso leise, wie sie gekommen war.

»Hast du herausgefunden, worum ich dich gebeten habe?«, fragte der Ältere.

Es lag etwas Irritierendes in seinem Verhalten, in seiner Art zu reden, die weder zu der extremen Modernität des Hauses passte, in dem sie sich befanden, noch zu ihrer informellen Kleidung. Der Jüngere trug Jeans und ein azurblaues Kapuzenshirt, der Ältere graue Wollhosen, ein hellblaues Hemd und ein dunkles Jackett.

Anstatt zu antworten, lächelte der junge Mann geheimnisvoll.

»Heißt das Ja?«

»Ich bin mir nicht hundertprozentig sicher, aber ich glaube, ich habe die beiden gesehen.«

»Die beiden? Gemeinsam?«

»Ich hab mir schon gedacht, dass es dir nicht gefällt, aber so ist es. Sie sind wieder zusammen.«

»Wo?«

»Mitten in der Stadt, wie du sicher schon ahnst.«

»Ja. Immer da, wo etwas los ist. Mitten im ›Leben‹, wie Korés Mutter es immer bezeichnet hat.«

Er machte eine Pause, füllte die Gläser mit Rotwein und bot dem Jüngeren eines an. »Probier mal, der Wein ist hervorragend. Kaum vorstellbar, dass es sich um das gleiche Getränk handelt, das auch früher schon Wein hieß.«

Der junge Mann nahm einen großen Schluck mit geschlossenen Augen. Weder stießen sie an, noch brachten sie irgendeinen Trinkspruch aus, noch rochen sie an dem Wein, bevor sie tranken.

»Was hältst du davon?«

Das Lächeln des jungen Mannes ließ sein ganzes Gesicht erstrahlen.

»Wir haben wirklich Glück, hier zu sein. Jetzt.«

Die beiden wandten sich zu den Fenstern um und betrachteten den Garten, folgten mit dem Blick dem Flug der ihnen unbekannten Vögel am Himmel.

»Hast du auch den anderen Auftrag erledigt?«

»Natürlich. War gar nicht so schwer. Das mit dem Fahrzeug war eine gute Idee, aber ...«

»Aber?«

»Es war nicht endgültig.«

»Was soll das heißen, Bruder?«

»Der Junge lebt noch. Er ist bewusstlos, aber noch am Leben. Der Wagen hat ihn gegen eine Schaufensterscheibe geschleudert, die zerbrochen ist, was den Aufprall abgemildert hat.«

»Ich werde ihm einen Besuch abstatten.«

»Wie du möchtest.«

Es folgte ein langes Schweigen.

»Bitte gib mir Korés Adresse.«

Der Besucher nahm einen Zettel aus der Tasche seines Shirts und reichte ihn dem Hausherrn wortlos.

»Ah, noch etwas zu der Sache mit dem Jungen ...«, fügte der Bote hinzu, »vielleicht interessiert es dich, dass da ein Mädchen im Krankenhaus bei ihm ist. Es weicht nicht von seiner Seite. Offensichtlich wahre Liebe.«

»Ein Mädchen?« Kurz erschien Lessas Bild vor den Augen des Hausherrn, das der junge Besucher ihm gesandt hatte. »Ah. Die hübsche Kleine mit der schönen Stimme. Ich hab sie an dem Abend singen hören, als ich ihn entdeckt habe. Weißt du, ich habe eine Weile überlegt, wen von den beiden ich zu mir hole.«

»Und du hast dich für ihn entschieden?«

»Ich habe befürchtet, dass Koré, obwohl ich noch nie ein Faible für junge Mädchen hatte, die Situation falsch interpretieren könnte, weil es sich um ein so besonders hübsches und junges Mädchen handelt. Es ist noch keine achtzehn …«

»Frauen können schrecklich eifersüchtig sein, da hast du recht.«

»Es wäre äußerst ungeschickt, ihr noch weitere Gründe zu geben, nicht nach Hause zu kommen. Ihr oder ihrer verdammten Mutter.«

Sie tranken schweigend ihren Wein aus, woraufhin der Jüngere sein Glas auf das Tablett stellte und sich dem anderen noch einmal zuwandte.

»Kann ich sonst noch etwas für dich tun?«

»Im Moment nicht. Aber ich bin sicher, dass ich bald wieder auf dich zukommen werde – wenn ich entschieden habe, wie ich mit Koré Kontakt aufnehme, um ihr mein Haus anzubieten, das auch ihr Haus ist.«

»Ich fürchte, das geht nur über die Leiche ihrer Mutter.«

»Das wäre wohl das Beste. Aber weil wir nun mal sind, was wir sind, mein Lieber … ist das leider nicht möglich. Nicht immer ist es von Vorteil, zu dieser Familie zu gehören.«

Der junge Mann lachte, während er bereits auf die Tür zuging.

Lessa

Als ich aufwachte, merkte ich, dass jemand eine Decke über mich gebreitet hatte. Trotzdem war mir kalt, und mir tat alles weh, weil ich zusammengekauert in einer Ecke des Warteraums geschlafen hatte.

Ich überschlug, noch mit geschlossenen Augen, dass dies bereits die dritte Nacht gewesen war, die ich im Krankenhaus verbracht hatte, in der immer geringer werdenden Hoffnung, dass Ted die Augen öffnen und mich anlächeln würde. Jeden Tag kam jemand aus dem Waisenhaus, um nach ihm zu sehen, mich aufzumuntern und mir etwas zu essen zu bringen; dennoch hatte ich mich in meinem ganzen Leben noch nie so einsam gefühlt. Erst jetzt wurde mir bewusst, wie sehr ich mich daran gewöhnt hatte, mit Ted zusammen zu sein, ihn immer in der Nähe zu haben, praktisch in Rufweite, als wären wir eine Person und nicht zwei. Deshalb fühlte ich mich auf einmal, als wäre ich halbseitig gelähmt oder als hätte man mir eine Hälfte meines Körpers amputiert.

Ich richtete mich auf und rieb mir die Augen, als ich im Flur eine Bewegung wahrnahm. Ich ging hinüber, um nachzusehen, was los war. Barbara, eine der Krankenschwestern, war gerade aus Teds Zimmer gekommen und wirkte alles andere als fröhlich. Leise näherte ich mich dem Schwesternzimmer und wartete darauf, dass sie mir etwas sagen würde. Inzwischen hatte ich gelernt, dass meine Chance, etwas zu erfahren, größer war, je leiser ich war und je mehr ich mich zurückhielt.

»Er hat hohes Fieber. Offensichtlich hat er eine Infektion,

aber noch haben sie nicht festgestellt, wo der Herd ist. Die Ärzte sind gerade bei ihm.«

Meine Augen füllten sich mit Tränen.

Barbara hielt mir eine geöffnete Pralinenschachtel hin.

»Komm, nimm dir eine. Du hast sicher seit einer Ewigkeit nichts mehr gegessen, und Schokolade ist gut fürs Gemüt.«

»Dann sollte ich jetzt tonnenweise Schokolade essen«, sagte ich, während ich mir die Tränen abwischte.

»Nicht die Hoffnung verlieren, Mädchen! Komm, iss!«

An der Anzeigetafel leuchtete ein Licht auf, und Barbara eilte mit einem kurzen Abschiedsgruß, wohin sie gerufen wurde. Ich wandte mich der Glasscheibe zu, hinter der Teds Bett zu sehen war, das nun von Leuten in weißen Kitteln umringt war, und zwang mich, das süße Zeug hinunterzuschlucken.

Ein Mann stand an der Scheibe und beobachtete, was im Zimmer passierte. Er war groß und kräftig, hatte einen gepflegten Bart und recht langes, gelocktes dunkles Haar. Er musste etwa fünfzig Jahre alt sein und war sehr gut gekleidet, fast schon zu gut für einen Besuch im Krankenhaus.

Ich stellte mich neben ihn, auch wenn ich lieber allein gewesen wäre, an diesem Ort, den ich für meinen Platz hielt. Offensichtlich hatte ihm niemand gesagt, dass es geschmacklos war, was er hier tat. Schließlich war er kein Familienangehöriger, sondern ein Unbekannter, der aus Langeweile oder aus reinem Voyeurismus auf Ted starrte, der von Ärzten umgeben war.

»Ist der Patient Ihr Bruder?«, fragte er mich plötzlich. Er hatte eine angenehme tiefe Stimme.

»Mein Freund«, antwortete ich spontan.

»Es geht ihm wohl sehr schlecht.«

Es fühlte sich an wie ein Schlag in die Magengrube. Natürlich ging es ihm sehr schlecht, und das wusste ich auch, aber es erschien mir völlig unakzeptabel, dass ein Fremder es mir sagte.

»Entschuldigen Sie, das war sehr direkt. Es tut mir leid.«

Nickend nahm ich die Entschuldigung an, obwohl ich ihn am liebsten geohrfeigt hätte. Ich verfluchte die gute Erziehung, die ich im Waisenhaus genossen hatte und die mich zwang, freundlich zu bleiben.

»Man fühlt sich so schrecklich machtlos bei so etwas, stimmt's?«, fuhr der Mann fort, dem es offenbar völlig egal war, dass ich keine Lust hatte, mich mit ihm zu unterhalten. »Manchmal wünscht man sich, an der Stelle des anderen sein zu können, für ihn die Schmerzen zu ertragen; es ist die Liebe, die uns so denken lässt.«

»Ja«, sagte ich sehr leise.

»Würden Sie es tun, wenn es möglich wäre?«

»Was?«

»Mit ihm tauschen?«

»Ja«, sagte ich, ohne lange zu überlegen, da ich schon so oft darüber nachgedacht hatte, während mir jede Minute im Wartezimmer wie eine Stunde vorgekommen war.

»So wie es aussieht, lieben Sie ihn sehr.«

»Ja.« Ich begann haltlos zu weinen.

»Er ist ein großartiger Musiker«, sagte der Mann.

Ich erstarrte.

»Kennen Sie Ted?«

»Ich habe ihn vor Kurzem im *Averno* spielen gehört. Ich habe ihm angeboten, ihn zu engagieren, um bei mir zu Hause für meine Gäste zu spielen.«

»Davon wusste ich nichts ...«, murmelte ich.

»Ich gehe davon aus, dass er dich mit dem Geld, das er dabei verdienen würde, überraschen wollte.« Der Mann war einfach dazu übergegangen, mich zu duzen, aber es machte mir nichts aus.

In diesem Moment öffnete sich die Tür, und die vier Ärzte, die bei Ted gewesen waren, kamen heraus. Ich ging zu ihnen, in der Hoffnung, dass sie mir etwas über seinen Zustand sagen würden. Doch obwohl ich inzwischen seit drei Tagen im Krankenhaus ausgeharrt hatte, waren sie sich noch nicht darüber einig geworden, ob sie mich wie ein Familienmitglied oder eine Freundin behandeln sollten, daher sagten sie so wenig wie möglich. Als wären sie Götter des Olymp, die mit den Leben der Sterblichen spielten. Sie erreichten damit, dass ich mich klein fühlte, dumm, überflüssig.

»Hat er immer noch Fieber?«, wagte ich zu fragen.

Der Chefarzt sah mich an, als wäre ich ein sprechendes Insekt, drehte sich um und ging über den Flur in die andere Richtung, gefolgt von den anderen. Einer jedoch, der etwas jünger war und einen blonden Bart hatte, trat kurz zu mir, wobei er sich mit einem Blick über die Schulter versicherte, dass die anderen noch in Sichtweite waren.

»Wir wissen noch nicht, ob die Behandlung anschlägt«, erklärte er, »aber ich schwöre dir, dass wir alles tun, was möglich ist. Und er ist jung und kräftig. Er soll noch ein paar Tage im Koma bleiben, damit sein Körper ums Überleben kämpfen kann, ohne andere Funktionen übernehmen zu müssen. Verlier nicht den Mut!«

Als der Arzt ging und ich mich wieder der Glasscheibe zuwandte, durch die man in Teds Zimmer blicken konnte, war der Mann, der mit mir geredet hatte, verschwunden.

Die beiden Frauen saßen an einem Tisch im Restaurant des Hotel Sofitel, *hoch oben über der Stadt, wo sich ihnen ein wunderbarer Ausblick über das hell erleuchtete Wien bot. Das Dach des Gebäudes, in dem sie sich befanden, leuchtete ununterbrochen in unterschiedlichen Formen und Farben auf, sodass das Lokal aussah wie eine in der Luft schwebende Seifenblase.*

Sie hatten gerade das Essen bestellt, und während sie darauf warteten, ließen sie sich ein Glas spanischen Wein schmecken. Draußen vor den Fensterscheiben fiel der Schnee gleichmäßig und beinahe senkrecht wie in einer Schneekugel.

Die ältere der beiden Damen nahm einen Schluck aus ihrem Glas und ließ den Blick über die nächtliche Stadt schweifen, die wie ein umgekehrter Himmel mit bunten Sternen wirkte. Sie lächelte und seufzte zufrieden.

»Wie schön, Koré! Das ist so viel besser als das letzte Mal; ich bin wirklich beeindruckt, wozu sie es inzwischen gebracht haben. Sieh nur, es schneit!«

»Ja, Mutter. Schon eine ganze Weile.«

Die Frau schüttelte ungeduldig den Kopf. »Ich meine, es schneit auf der Erde, und du bist hier, bei mir, wir sind zusammen.« Sie griff über den Tisch nach der Hand ihrer Tochter und drückte sie zärtlich.

»Du hast recht.« Koré lächelte ihre Mutter an, doch das Leuchten in ihren Augen blieb aus. Sie wandte den Blick ab und sah mit traurigem Gesicht nach draußen.

»Jetzt sag mir nicht, dass du diesen Tölpel vermisst!« Die Frau schien entsetzt.

»Er ist mein Ehemann, Mutter.«

»Ein Ehemann, der nur durch einen schmutzigen Trick zu diesem wurde.«

»Das ist nicht wahr, und das weißt du. Mit dem schmutzigen Trick, wie du es nennst, hat er mich gezwungen, eine Weile in seinem Haus zu leben. Aber was alles andere angeht, kannst du nicht abstreiten, dass er sich sehr großzügig gezeigt hat. Vier Monate im Jahr mit ihm, acht Monate in absoluter Freiheit. Es gibt sicher nicht viele Ehemänner, die sich auf eine derart liberale Abmachung eingelassen hätten.«

Die andere kniff die Lippen zusammen und ließ sich nicht zu einer Antwort herab.

»Ich weiß, dass es dir nicht gefällt, wenn ich das sage, aber ich glaube, dass du Vorurteile gegen ihn hast. Ich dagegen frage mich, ob nun nicht der Moment gekommen ist, diesem Ehemann, den ich zwar nicht selbst gewählt habe, der sich mir gegenüber jedoch stets korrekt verhalten hat, eine echte Chance zu geben. Jetzt bietet sich uns eine neue Gelegenheit, und ich denke, wir sollten sie nutzen.«

»Tu, was du für richtig hältst. Ich kann dich eh nicht davon abhalten, denn du brauchst meine Erlaubnis nicht.«

»Bitte, sei nicht böse. Du bist meine Mutter, und das wirst du immer sein, das kann niemand ändern; egal, mit wem ich verheiratet bin, egal, wo ich lebe. Du wirst immer meine Mutter sein, und ich werde dich immer lieben.«

Sie lächelten sich an, die Ältere zuerst leicht widerwillig, dann jedoch mit echter Zuneigung.

»Hat er schon Kontakt mit dir aufgenommen, Koré?«

Sie nickte, wobei sie an ihrer Unterlippe nagte. »Ich konnte noch nie etwas vor dir verbergen. Für dich bin ich ein offenes Buch.«

»Und was wirst du tun?«

»Ich habe ihm versprochen, ihn zu besuchen.«

Wutschnaubend leerte die andere ihr Weinglas. »In der Zeit werde ich in den Süden reisen. Der Winter tut mir nicht gut. Wenn es Zeit ist, dass du zurückkommst, lass es mich wissen.«

»Im Frühling, wie immer.«

»Mit deiner Rückkehr wird es Frühling, meine Liebe. Erst dann. Wie immer.«

Ein Kellner servierte ihnen mit extrem weiblichem Getue die Vorspeise, während er ihnen mit affektierter Stimme erklärte, woraus sie bestand, was sie bereits wussten, da sie sie kurz zuvor ja bestellt hatten.

Die Pâté de Foie gras *war mit ein paar rubinrot leuchtenden Granatapfelkernen dekoriert.*

Beide hoben gleichzeitig den Blick und lächelten sich verschmitzt an.

»Du wirst doch nicht wieder den gleichen Fehler machen, Koré?«

Koré lachte.

»Darauf kommt es jetzt auch nicht mehr an, Mutter. *Außerdem habe ich, wie du weißt, Granatäpfel schon immer gemocht.«*

Ted

Manchmal war es wie in einem Albtraum: Da waren Gestalten, die sich mir wild gestikulierend näherten und lautlos die Lippen bewegten; Gestalten, die wieder verschwanden oder sich plötzlich in andere Gestalten verwandelten. Manchmal drohte die Hitze mich zu ersticken, und meine Lippen waren trocken, ohne dass ich sie mit der Zunge befeuchten konnte; dann wieder war mir eiskalt, und ich zitterte, was, wie es aussah, niemand bemerkte. Der Schmerz quälte mich unaufhörlich, obwohl sie mir Schmerzmittel gaben, damit er nicht zu stark wurde.

Les erschien mir in meinen Träumen: ihr Gesicht hinter einer trüben, beschlagenen Scheibe; ihre Hand, die zum Abschied winkte; ihre bitteren Tränen, die herabrannen, auf mein Bett, auf mein Grab; die kahlen Äste der Bäume, die im Wind aneinanderschlugen wie Skeletthände, die zu einer gespenstischen Darbietung applaudierten, vor einem violetten Himmel, der immer dunkler wurde.

Les in Rot gekleidet mit geschlossenen Augen. Ihre warme, weiche Stimme, wohlig wie ein guter Wein am Kamin, die mir sagte, dass ich durchhalten müsse, dass ich wieder gesund werden müsse, dass ich sie nicht verlassen dürfe.

Ich konnte nicht sprechen, obwohl ich manchmal hörte, was um mich herum gesagt wurde: dass sie nicht verstanden, was mit mir los war, warum ich nicht reagierte, woher das Fieber kam …

Auch ich hatte darauf keine Antwort, aber vor meinen Augen nahm ein Bild Gestalt an: ein verschneiter Garten vor einem riesigen Haus mit erleuchteten Fenstern, einem Haus, aus dem Musik strömte wie Wasser aus einem Brunnen.

Jenseits des dunklen Eisentores konnte ich deutlich den Weg erkennen, der zu den Stufen am Eingang führte. Es waren fünf, und an jeder Seite wachte ein steinerner Löwe. Ich sah die dunkle Holztür mit dem bronzenen Türklopfer; ich wusste, dass sie mich, wenn ich bis dorthin vordrang, hineinlassen würden – weil sie auf mich warteten –, und dann erst würde die wahre Musik erklingen.

Aber ich wusste auch, dass ich dann die Welt vergessen und Les nicht mehr wiedersehen würde.

Deshalb kämpfte ich darum, am Leben zu bleiben, doch es wurde immer schwerer. Denn in der Musik waren Missklänge – einige der Instrumente waren nicht richtig gestimmt –, und ich wusste, was zu tun war, damit es so klang, wie es klingen sollte, damit es perfekt wäre. Dafür musste ich nur den Türklopfer betätigen, hineingehen und in die Musik eintauchen.

»Es ist lange her, dass ich gesehen habe, wie es schneit«, sagte Koré über ihre Schulter, als sie spürte, dass ihr Ehemann sie von der Salontür aus betrachtete. Sie drehte sich um und sah ihm ins Gesicht.

Ihm wurde eng in der Brust, als er sie so sah, eingerahmt von dem großen Fenster, hinter dem der verschneite Garten wie ein weißer, weicher, gespenstischer Vorhang wirkte. Sie trug ein rotes Kleid, und ihr schwarzes Haar kontrastierte mit all dem Weiß dort draußen. Sie war wunderschön. Schöner noch als er sie in Erinnerung hatte.

Mit ausgestreckter Hand ging er auf sie zu. Seine Frau nahm seine Hand und ließ sich umarmen. Ihr Körper war warm, jung, biegsam.

»Es ist lange her, Koré, Liebste!«

»Ja, sehr lange, Aides!«

»Wirst du bleiben?«, fragte er leise in ihr Ohr.

»Du warst noch nie besonders feinfühlig, mein lieber Mann. Hast du es so eilig, die Antwort darauf zu wissen?«

»Es gibt nichts Wichtigeres für mich.«

Sie löste sich aus der Umarmung und sah ihn eindringlich an, als wolle sie sich der Aufrichtigkeit seiner Worte versichern. Schließlich sagte sie: »Ich bin bereit, es zu versuchen.«

Er umarmte sie fest. »Komm mit, Koré. Ich werde dir das Haus zeigen; den sichtbaren und den unsichtbaren Teil. Ich habe das schönste Zimmer für dich vorbereitet, falls du dich entscheiden würdest, bei mir zu bleiben. Und sehr bald werden wir ein Fest geben, ein großes Fest für all unsere Gäste, mit einem außergewöhnlichen Musiker, den ich nur für dich herholen werde, um deine Rückkehr und mein Glück zu feiern. Ein sehr junger Mann mit außergewöhnlichem Talent.«

»Einer deiner Gäste?«

»Noch nicht, aber bald. Bald ist er da.«

Koré schüttelte den Kopf.

»Nein, Aides, so nicht. Du solltest ihn nicht herbringen, wenn es nicht sein Schicksal ist.«

»Komm, Liebste, diesmal wird alles besser sein, das verspreche ich. Mach dir keine Sorgen. Alles wird so sein, wie du es dir wünschst.«

Lessa

Er war jetzt seit über einer Woche im Krankenhaus, und obwohl ich wusste, dass ich nicht verzweifeln durfte, konnte ich mich des beinah ständigen Gedankens nicht erwehren, dass Ted es nicht schaffen würde. Inzwischen hatten sie ihn aus diesem seltsamen künstlichen Koma geweckt, und auch wenn er jetzt lebendiger wirkte, merkte man ihm an, dass er litt: Er bewegte sich in seinem Bett, als hätte er Albträume, schrie manchmal, dann wieder war es, als hörte er Musik und versuchte, sie zu verändern oder zu verbessern. Manchmal öffnete er plötzlich die Augen, versuchte, seinen Blick zu fokussieren, um dann wieder den Kopf zu senken und die Lider zu schließen, erschöpft, ohne zu bemerken, dass ich bei ihm war, an seiner Seite.

Ich bemühte mich gar nicht mehr darum, mit den Ärzten zu reden, denn auch sie wussten nicht, was mit ihm los war, und weil sie das nicht zugeben wollten, wurden sie unfreundlich, aggressiv. Also versteckte ich mich lieber, wenn es Zeit für die Visite war, damit niemand auf die Idee kam, mich wegzuschicken.

Die Leute aus dem Waisenhaus kamen weiterhin zu Besuch, aber man merkte, dass es ihnen schwerfiel und dass sie so kurz vor Weihnachten viel zu tun hatten, wichtige Dinge vorbereiten mussten, in ihrer Welt, der Welt der Lebenden.

Manchmal, wenn ich nicht mehr konnte, ging ich ins Foyer des Krankenhauses hinunter, warf ein paar Münzen in ein Computerterminal und surfte im Internet, um ein bisschen von dem zu erfahren, was draußen passierte.

Auf Facebook war Teds Unfall kein Thema mehr. Dort ging es nur noch um Weihnachten, Geschenke, Reisen, Pläne für Silvester … Alle stellten Fotos von Leuten ein, die auf Weihnachtsmärkten Glühwein tranken, von Mädchen im knappen rotweißen Dress, die aussahen wie als Weihnachtsmänner verkleidete Playboy-Bunnys, von jungen Männern im Anzug auf dem ein oder anderen Ball; überall war die Rede von Abschiedsfeiern, Auftritten von diversen Bands und Weihnachtskonzerten … Niemand erinnerte sich noch an Ted und mich hier im Krankenhaus.

Anni, eine meiner Zimmergenossinnen, war ein paar Mal hier gewesen, und auch Nanni war in den ersten Tagen mehrmals vorbeigekommen, aber jetzt hatte sie einen neuen Freund, und das war im Moment das Einzige, was für sie zählte.

Claudia hatte erwähnt, dass Schwester Fulgencia, eine der älteren Nonnen, die nach der Umwandlung des Waisenhauses von einer religiösen in eine staatliche Institution bei uns wohnen geblieben ist, sehr krank war und beinahe gestorben wäre, sich jedoch wieder erholt hatte und sich nun auf ein weiteres Weihnachtsfest freute. Und ich musste andauernd daran denken, wie ungerecht es war, dass es Schwester Fulgencia mit ihren neunzig Jahren besser ging als Ted, der doch erst achtzehn war …

Zumal es niemanden gab, der sie wirklich vermissen würde, während Ted so sehr gebraucht wurde. Was sollte ich ohne ihn tun? Was würde aus mir werden, wenn er …?

Ich bin noch nie besonders religiös gewesen, wahrscheinlich weil ich die ersten Jahre meines Lebens mit diesen Nonnen verbracht habe, die mich, anders als sie vorgaben, von diesem Gott entfernt haben, der wie ein pingeliger Buchhalter jede Sünde zählt, und wenn sie noch so klein ist, und die Menschen für lächerliche Vergehen mit der ewigen Verdammnis straft.

Doch weil ich nicht den ganzen Tag in diesem Warteraum verbringen konnte, der für mich zu einem Ort der Verzweiflung geworden war, hatte ich mir angewöhnt, in die Kapelle des Krankenhauses hinunterzugehen, die für jeden Gläubigen, von welcher Konfession auch immer, als Gotteshaus diente. »Ökumenischer Gebetsraum« wurde sie genannt. Dort war es friedlich, und es roch nach Blumen, nicht nach Medizin oder nach Kantinenfraß. Und manchmal war leise Musik zu hören, eine Meditationsmusik, die man auch »Sphärenklänge« nennt.

Immer, wenn ich mich dort hingesetzt habe, auf einen der Stühle aus hellem Holz mit grüner Auflage, habe ich mir den Platz danach ausgesucht, dass mein Blick nicht auf den gekreuzigten Jesus fiel – es war schon schlimm genug, jeden Tag zuzusehen, wie Ted ums Überleben kämpfte, da musste ich nicht noch einen sterbenden Mann vor Augen haben. Daher konzentrierte ich mich lieber auf die abstrakte Skulptur, die dort stand und die wahrscheinlich die Jungfrau Maria darstellen sollte. Allerdings hatte sie kein zu erkennendes Gesicht, sondern nur weiche, einhüllende, mütterliche Formen.

Ich betrachtete die im Halbdunkel der Kapelle schwach glänzende Skulptur, ohne mir dessen bewusst zu sein, bat sie, meinen Ted zu retten, ihn zu beschützen, ihn ins Leben zurückkehren zu lassen, zurück zu mir. Und manchmal fühlte ich mich nach einer Weile besser, ruhiger, als hätte sich in meinem Inneren eine kleine Flamme der Hoffnung entzündet.

Die schöne blonde Frau bewegte sich mit katzenhafter Grazie in dem Gewächshaus, aber genau wie eine Katze vermittelte sie auch den Eindruck, sich eingeschlossen zu fühlen, diesem Ort so schnell wie möglich wieder entkommen zu wollen.

»Weißt du, ich hasse dieses Haus, Koré«, sagte sie. »Ich hätte dich lieber an einem anderen Ort getroffen.«

»Mir geht es genauso, Schwester, aber du weißt, dass ich hierbleiben muss. Ich habe Aides mein Wort gegeben.«

»Ich habe im Laufe der Jahrhunderte vielen Leuten mein Wort gegeben«, antwortete die Frau lächelnd. »Unter anderem meinem Ehemann, aber das hat mich nie davon abgehalten zu tun, wonach mir der Sinn stand.«

»Wir sind nun mal sehr verschieden, Ditta. Komm, setz dich! Du machst mich nervös mit deinem Herumgerenne. Was kann ich für dich tun?«

»Ich komme gleich zur Sache.« Sie strich mit den Händen durch ihr langes, lockiges blondes Haar und sah Koré mit ihren schönen blauen Augen an. »Dein Ehemann ...«

Koré seufzte.

»Ja, es tut mir leid, das, was ich dir sagen muss, hat mit ihm zu tun. Dein Ehemann hat sich in jemanden verguckt ...«

Koré erstarrte.

»Nein, nein, nicht das, was du denkst, lass mich ausreden: Er hat sich in einen jungen Mann verguckt, einen Musiker, den er für sich will, um dir seine Musik zu schenken. Hat er davon schon etwas angedeutet?«

»Ja. Sofort nachdem ich hergekommen bin, aber ich habe ihm gleich gesagt, dass ich das nicht annehmen werde, weil es ein Eingriff in das Schicksal des jungen Mannes ist ...«

»Er ist erst achtzehn Jahre alt, sein Leben fängt gerade erst an. Und er ist sehr verliebt in ein Mädchen seines Alters, das singt wie eine junge Göttin und ihn aufrichtig liebt. Wir dürfen sie nicht trennen, Koré. Sie, das Mädchen, hat gebetet, mich angefleht.«

»Dich?« Aus Korés Stimme war die Überraschung deutlich herauszuhören. Offensichtlich konnte sie nicht glauben, was sie gerade gehört hatte.

Ditta schüttelte ungeduldig den Kopf. »Nein, natürlich nicht mich direkt. Niemand erinnert sich noch an uns, meine liebe Schwester. Aber jeder Liebende, der Hilfe braucht, betet zu mir, ohne es zu wissen, auch wenn er sein Gebet an eine andere Göttin einer anderen Religion richtet. Und weil ich seit Kurzem wieder unter den Lebenden weile, bin ich dankbar und glücklich und bereit, diesem Mädchen zu helfen, aber dazu brauche ich deine Unterstützung.«

»Was erwartest du von mir? Aides ist besessen von diesem Geschenk, wie soll ich ihn davon abbringen?«

»Sag ihm, er soll einen anderen Musiker zu sich holen.«

»Wen?«

»Wen auch immer. Es muss nicht einmal unbedingt ein Musiker sein. Du hast schon so viel Musik gehört; er kann dir etwas anderes schenken. Was Aides will, ist ein Leben. Wir bieten ihm dafür ein anderes an. Wenn du sagst, dass du einverstanden bist, wird er nichts dagegen haben.«

»Und wo nehmen wir jemanden her, der bereit ist, die Stelle des jungen Musikers einzunehmen?«

Ditta zuckte mit den Schultern und schenkte ihr ein strahlendes Lächeln. »Das ist dann nicht mehr unser Problem, Schwesterlein. Wenn du einverstanden bist, werde ich Hermes zu dem Mädchen schicken, damit er ihm diese Lösung anbietet. Der Junge ist ein großartiger Musiker, hat jede Menge Fans und Freunde. Es gibt genug Leute, die ihn schätzen, die ihm zujubeln, Leute, denen er im Laufe seines jungen Lebens geholfen hat … es ist gut möglich, dass jemand darunter ist, der bereit ist, seine Stelle einzunehmen.«

Koré sah Ditta zweifelnd an.

»Dann haben wir es zumindest versucht«, fuhr diese fort. »Wenn ich *weiß, dass du die Sache unterstützt, werde ich es probieren. Sieh es als ein Experiment, so wie das, was wir vor vielen Jahrhunderten gewagt haben, erinnerst du dich?«*

»Ja, ich erinnere mich, aber damals konnten wir auf die Hilfe von Helios und dem Perseiden zählen. Und die beiden Verliebten, die wir damals gerettet haben, waren Admetos und Alkestis, ein König und seine Königin, und nicht irgendwelche unbedeutende junge Leute ...«

»Die Zeiten ändern sich, liebe Schwester. Ich muss aufbrechen.«

Koré stand auf und begleitete ihre Besucherin zur Tür.

»Weißt du, wie viele von uns ins Leben zurückgekehrt sind?«, fragte sie, während Ditta sich den Mantel und die Fellmütze anzog.

»Ich habe keine Ahnung. Wenige, fürchte ich. Und ich fürchte auch, dass es nicht für lange sein wird, Koré. Diese Existenz fühlt sich irgendwie unstabil, widerruflich an, spürst du das nicht auch?«

Koré nickte, schlang die Arme um sich und rieb sich den Körper, als wäre ihr plötzlich kalt geworden.

»Aber man muss das Leben genießen, so lange es einem gegeben ist«, fuhr Ditta, schon mit der Hand am Türgriff, fort, »genießen, dass man einen warmen Körper hat und Lippen, um zu küssen, einen Gaumen, um den Wein zu schmecken, Ohren, um Musik zu hören ... leben wir, so lange es uns möglich ist, meine Schöne, denn danach werden wir wieder in der Dunkelheit schlafen.«

Als Ditta gegangen war, verharrte Koré noch einen Moment mit dem Blick auf die Tür und versuchte, sich daran zu erinnern, wie es war, nicht zu existieren.

Lessa

Ich weiß nicht genau, wann er im Krankenhaus auftauchte, im Warteraum, der zu meinem Zimmer geworden war, dem Ort, an dem sich mein Leben nun abspielte. Als ich ihn sah, wusste ich, dass ich ihn von irgendwoher kannte, aber es dauerte eine Weile, bis mir wieder einfiel, wo ich ihn schon einmal gesehen hatte, wieso mir sein Gesicht, seine glänzenden Augen, sein langes Haar und sein Dreitagebart, der irgendwie so gut zu seinem Lächeln passte, bekannt vorkamen.

Ich war es gewohnt, den Warteraum für ein paar Stunden oder manchmal sogar für zwei, drei Tage mit jemandem zu teilen, der dann wieder verschwand, wenn es demjenigen auf der Intensivstation, wegen dem der Besucher da war, wieder besser ging. Beinahe niemand nahm sich die Zeit, sich zu verabschieden; oder vielleicht war es einfach so, dass der Patient verlegt wurde und die Begleitperson eilig die Sachen des Kranken aus dem Schrank und dem Nachttisch im Zimmer holen musste, um sie schnell mit zu dem neuen Zimmer hinüberzunehmen, wo der Patient nun untergebracht wurde, bis er das Krankenhaus verlassen konnte.

Woran ich mich bei ihm genau erinnere, ist, dass er mich anlächelte, als würden wir uns kennen, und mir die Hand reichte.

»Hermes«, stellte er sich vor.

»Wie die teure französische Modemarke?«

»Die haben sich nach mir benannt«, antwortete er mit einem Grinsen, bei dem man seine weißen Zähne sehen konnte.

»Celeste.«

Wir lächelten uns an, obwohl es mir zunehmend schwerer fiel zu lächeln. Denn es wurde immer offensichtlicher, dass Teds Zustand sich nicht bessern würde, dass es ihm jeden Tag schlechter ging, dass ihn jeder weitere Tag dem Ende ein Stück näher brachte, auch wenn ich es noch nicht wahrhaben wollte.

Ich erinnerte mich zu diesem Zeitpunkt noch nicht daran, woher ich den jungen Mann kannte.

»Wegen wem bist du hier?«, fragte ich.

»Ich bin gekommen, um dich zu treffen.«

»Mich?« Seine Antwort hatte mich erstarren lassen.

»Ich bin gekommen, um dir ein Angebot zu machen.«

Ich ließ ihn nicht aus den Augen. Es lag etwas in seinem Gesichtsausdruck, das ich nicht benennen konnte, das mich jedoch äußerst beunruhigte.

»Komm, wir gehen einen Moment raus auf den Balkon. Ich habe das Gefühl, du brauchst ein wenig frische Luft.«

Wir traten zusammen auf den kleinen Balkon vor dem Warteraum hinaus, auf den sich normalerweise die Raucher flüchteten, wenn ihnen nach einer Zigarette war. Doch jetzt war es mitten in der Nacht, und der Balkon war genau wie das ganze Krankenhaus menschenleer. Von hier aus konnte man auf die Straßen der Stadt hinuntersehen, die weihnachtlich geschmückt waren, mit trompetenden Engeln, Stechpalmenzweigen, Sternen und Glöckchen.

»Ist dein Freund sehr beliebt?«, fragte der junge Mann mich ziemlich direkt.

»Ja, er hat unendlich viele Freunde«, entgegnete ich spontan, ohne mich zu fragen, woher er wusste, dass ich wegen Ted da war, oder warum er mir eine derart absurde Frage stellte. »Allein auf Facebook sind es mehr als fünfhundert.«

»Aha. Aber was ich meine, ist, ob er wahre Freunde hat, solche, die bereit wären, ihr Leben für seines zu geben.«

»Niemand hat Freunde, die zu so etwas bereit wären. Abgesehen davon, dass es nichts bringen würde. Jeder hat sein Schicksal und muss hinnehmen, was ihm bestimmt ist.«

»Und wenn ich dir jetzt sage, dass es doch möglich ist?«

Ich erinnere mich, dass ich den Kopf schüttelte, als hätte ich Wasser in den Ohren.

»Hör mal, Celeste ...« Ich weiß nicht, warum, aber es erstaunte mich, dass er sich meinen Namen gemerkt hatte. »Ich möchte dir ein Angebot machen: Wenn es dir in den nächsten drei Tagen gelingt, jemanden zu finden, der bereit ist, sein Schicksal mit dem von Ted zu tauschen, wird dein Freund wieder gesund werden.«

Ich sah ihn eindringlich an und spürte, dass er es ernst meinte, auch wenn es nur ein schlechter Scherz sein konnte. Ein äußerst geschmackloser Scherz.

»Du hast nichts zu verlieren«, beharrte er. »Denn was du sonst auch tust, wird nichts daran ändern, dass er hier ist und jeden Tag dem Tod einen Schritt näher kommt. Nimm es als eine Art soziales Experiment. Frag einfach mal rum. Versuch herauszufinden, ob einer seiner Freunde – fünfhundert, wie beeindruckend! – bereit wäre, für ihn zu sterben.«

»Wie soll ich das denn machen?«

»Hier, nimm das dafür.« Er hielt mir einen schicken, ultramodernen Tablet-PC hin. »Der ist für dich. Jetzt hast du keine Ausrede mehr.«

»Aber wer bist du? Was willst du von mir? Von uns?«

»Nichts, Celeste; ich möchte nur helfen. Und außerdem, wie ich bereits gesagt habe, ist es eine Art Experiment. In ein paar Tagen komme ich wieder.«

Er ging, ohne sich zu verabschieden, ohne den Aufzug zu

benutzen. Er öffnete die Tür zum Treppenhaus und verschwand, ließ mich völlig verstört zurück.

Ich drückte das Tablet an die Brust, versicherte mich, dass das Schwesternzimmer leer war – sie machten wohl gerade alle eine Rauchpause oder waren in der Cafeteria –, und ging unauffällig in Teds Zimmer, in dem es dunkel war bis auf ein paar leuchtende grüne und rote Lämpchen an den Maschinen, die ihn am Leben erhielten, auch wenn man den Zustand, in dem er sich befand, nicht wirklich »Leben« nennen konnte.

Ich trat zu ihm und strich ihm über die unrasierte Wange. Ich musste Barbara fragen, ob ich ihn rasieren durfte, oder sie bitten, es zu tun. Es tat mir weh, ihn so dünn, so bleich, so vernachlässigt zu sehen.

»Ted, Liebster«, sagte ich sehr leise, »was soll ich tun? Glaubst du, ich sollte es versuchen?«

Natürlich hörte er mich nicht und reagierte auch nicht auf irgendeine Weise.

Die Ärzte hatten mir gesagt, dass sie ihn vorsichtshalber wieder ins künstliche Koma versetzt hatten, um seinem Körper die Möglichkeit zu geben, sich zu regenerieren, ohne irgendetwas anderes tun zu müssen. Ich jedoch fürchtete, dass er sich mit der Zeit an diesen Zustand gewöhnen und nie mehr aufwachen würde.

»Soll ich es versuchen?«, insistierte ich.

Die normalste Reaktion wäre sicher gewesen, den Typen, der mir dieses seltsame Angebot gemacht hatte, einfach für verrückt zu erklären, für einen Irren zu halten, der auch mich irre machen wollte. Doch ohne zu wissen, warum, fühlte ich, dass es nicht so war, dass er nicht verrückt war, dass er seltsam war, das ja, äußerst seltsam, aber dass er bei vollem Verstand und der Handel, den er mir vorgeschlagen hatte, möglich war.

War er der Teufel?

In der Schule und im Waisenhaus hatten wir im Laufe der Jahre einige Bücher gelesen, in denen jemandem der Teufel erschienen war und ihm irgendeinen Handel angeboten hatte: die ewige Jugend oder Macht oder Schönheit oder unendlichen Reichtum im Austausch für die Seele. Hermes jedoch – wenn das wirklich sein Name war, denn es kam mir eher wie ein Spitzname vor – hatte mir nichts dergleichen angeboten und mir auch nicht gesagt, dass ich irgendeinen Blutpakt schließen müsste. Und keiner der Teufel, von denen ich bisher gehört hatte, hätte vorgeschlagen, etwas auf Facebook zu posten.

Ich gab Ted sanft einen Kuss und cremte seine Lippen danach ein, da sie sehr trocken und rissig waren. Dann verließ ich leise das Zimmer, immer noch unschlüssig, was ich tun sollte.

Ted

Das Haus erschien mir immer öfter. Jedes Mal, wenn ich mich entspannte und die Augen schloss – seltsam, dass ich den Eindruck hatte, die Augen zu schließen, obwohl ich sie in Wirklichkeit doch gar nicht geöffnet hatte –, sah ich die Eingangsstufen vor mir, das Licht in den Fenstern, hörte ich die Musik, die in den verschneiten Garten drang und die entfernt, leicht verzerrt und ein wenig verstimmt klang, so als wartete sie auf mich, nur auf mich allein.

Manchmal kam Les und küsste mich. Auf die Stirn, auf die Wangen, auf meine trockenen, rissigen Lippen. Ich wollte darauf reagieren, mich zumindest ein kleines bisschen bewegen, um ihr zu sagen, dass ich da war, dass ich wusste, dass sie bei mir war, dass ich ihr unendlich dankbar war, dass sie ab und zu kam. Aber das würde ich wohl nie schaffen.

Und das Haus wurde mit der Zeit – oder in der Nicht-Zeit, in der ich vor mich hin dämmerte – immer realer, immer greifbarer, immer deutlicher, während alles andere verblasste, zerfiel, irreal wurde.

Ich spürte, dass ich mich nur dafür entscheiden musste, es zu wollen, um die Brücken hinter mir abzubrechen, die Verbindung zum Leben zu kappen und mich in die dunklen Fluten der Nacht zu stürzen, die mich in den Hafen tragen würden, wo mich dieses Haus erwartete. Dieses Haus, das jetzt gerade in einem verschneiten Garten lag, der nur vorgespiegelt war wie eine Kulisse aus Pappmaschee, die zwar die Zuschauer, nicht jedoch die Schauspieler in dieser betörenden Tragödie täuschen konnte.

Ich musste mich nur von Les verabschieden – von wem auch sonst – und mich zu der Tür mit dem bronzenen Türklopfer treiben lassen, die sich für mich öffnen würde. Und dann?

Dann die Musik, die unbeschreibliche Gesellschaft jener immerwährenden Gäste. Jener Mann, dem ich den Namen *Averno* gegeben hatte, der mich am Fuß der Treppe mit offenen Armen und einem Lächeln im Gesicht willkommen heißen würde. Mich, seinen Hausmusiker.

Aber was wäre dann mit Les?

Sie würde ihren achtzehnten Geburtstag begehen, ohne mich, ohne den Ring, den ich ihr bereits gekauft hatte und den ich im Waisenhaus in einem Versteck aufbewahrte, das nur ich kannte; ohne meine Liebe und meine Zärtlichkeit und ohne mein Versprechen, immer bei ihr zu sein, mich bis zum Ende meines Lebens um sie zu kümmern.

Niemals hätte ich gedacht, dass dieses Ende so nah sein könnte.

Und dann?

Ein paar Wochen lang würde sie viel um mich weinen. Vielleicht würde Claudia sich so große Sorgen um sie machen, dass sie Les zu einem Psychologen schicken würde, der ihr helfen würde, das Trauma zu überwinden, mich verloren zu haben, die Zukunft, die wir uns zusammen erträumt hatten. Dann, nach und nach, würde sie weniger weinen; würde sie wieder lächeln können, auch wenn ihr immer mal wieder die Tränen in die Augen treten würden, wenn sie an Dinge dachte, die wir zusammen erlebt hatten, an die Pläne, die wir nie realisieren konnten. Dann würde sie ins Konservatorium gehen und erst mal nichts anderes tun, als zu lernen, zu üben, sich um die Kleinen im Waisenhaus zu kümmern und zu jobben, um etwas Geld sparen zu können. Sie würde in einem Chor singen und jede Gelegenheit nutzen, um mit ihrer Musik etwas Geld zu verdienen. Vielleicht würde sie sich sogar überzeugen lassen, in einer Jazzband zu singen, um bei gelegentlichen Auftritten eine kleine Gage zu bekommen.

Les war eine Künstlerin wie ich, aber sie war auch wie ich eine Waise und wusste, dass man Geld brauchte, um zu überleben, dass man von der Kunst allein nicht satt wurde.

Vielleicht würde sie sich sogar eines Tages dazu durchringen, sich einen guten Pianisten zu suchen und sich einen unserer Träume zu erfüllen: ein Engagement auf einem Kreuzfahrtschiff zu ergattern, um ein paar Monate auf hoher See zu verbringen, abends für die Passagiere zu singen, sich morgens in die Sonne zu legen und sich am Nachmittag für ein paar Stunden der Liebe in die kleine Schiffskabine zurückzuziehen. Allerdings nicht mit mir, weil ich nicht dort sein würde.

Und später, sehr viel später, mit fünfundzwanzig oder sechsundzwanzig vielleicht, wenn ihre Gesangsausbildung abgeschlossen wäre, würde sie erste kleine Opernrollen singen, viel reisen und beruflich wie auch privat viel Erfahrung sammeln. Und irgendwann, in ferner Zeit, würde sie sich wieder verlieben, und wenn sie dann an seiner Seite im Schnee über die Kärntner Straße gehen würde, nachdem er sie nach einer Opernaufführung am Bühneneingang abgeholt hatte, würde sie ihm von mir erzählen, von dem Jungen aus dem Waisenhaus, den sie so sehr geliebt hatte, dass sie gedacht hatte, ohne ihn verrückt zu werden. »Aber Ted ist nach einem Unfall gestorben«, würde sie sagen, »kurz nach seinem achtzehnten Geburtstag, und hat mich einfach so zurückgelassen. Ich dachte, ich könnte es nicht ertragen … aber weißt du … jetzt habe ich dich.«

Und zusammen würden sie durch die Nacht gehen, bis zu der kleinen, hübschen Wohnung, wie wir sie gern gehabt hätten, würden noch ein Glas Wein trinken, um ihren Erfolg zu feiern, und schließlich zu Bett gehen und in zärtlicher Umarmung einschlafen.

Damit es dazu kommen würde, musste ich jetzt nur loslassen, aufhören, um mein Leben zu kämpfen, Herrn Averno lediglich sagen, dass ich mich dazu entschieden hatte, seine Einladung, in seinem Haus zu spielen, anzunehmen. Aber hatte ich das nicht schon getan? Hatte ich ihm nicht eine SMS geschickt?

Doch. Ich hatte sein Angebot angenommen. Ich hatte zugesagt.

Also, warum kam er dann nicht? Warum hatte er mich noch nicht mitgenommen? Warum sorgte er nicht dafür, dass die Schmerzen aufhörten? Warum erlöste er mich nicht davon und öffnete mir die Türen dieses Hauses, in dem es keine Grenzen gab?

III

Wow! Echt ein Hammer dein Aufruf, Lessa!

Wunderbar, Süße, unglaublich!

Hör mal, Lessa, bist du jetzt völlig durchgeknallt?

In Ordnung, ich bin dabei. Muss ich einen Blutpakt unterschreiben oder reicht es, wenn ich auf den Boden spucke?

Ich fass es nicht! Soll das ein Scherz sein? Frohe Weihnachten!

Ich find's überhaupt nicht witzig, Les! Erklärst du mir, was das soll? War das Teds Idee oder deine?

Schwarzer Humor passt nicht zu dir, Süße.

72 Kommentare, alle negativ oder besorgt.
275 hat es gefallen.
14 nicht.

Lessa

Auf dem Boden sitzend, schloss ich das Tablet, umschlang meine Knie, legte den Kopf auf die Arme und ohne mir wirklich dessen bewusst zu sein, begann ich leise zu weinen, still, beinahe geräuschlos; ich spürte, wie mir die Tränen aus den Augen rannen und mir über die Wangen liefen, ohne dass ich irgendetwas tat, um sie abzuwischen oder aufzuhalten.

Ich wusste, dass die Hälfte dieser angeblichen Freunde meine Nachricht wahrscheinlich im angetrunkenen Zustand, nachdem sie von irgendeiner Party nach Hause gekommen war, gelesen und überhaupt nicht kapiert hatte, worum es ging; aber ich wusste auch, dass die andere Hälfte, die, die sie mit klarem Kopf gelesen hatte, dachte, dass ich verrückt geworden wäre. Sicher wäre es mir genauso gegangen, wäre ich an ihrer Stelle gewesen. Trotzdem tat es weh, sehr weh, weil alle, oder fast alle, wussten, dass das mit Ted wahr war, dass der Unfall wirklich passiert war, dass er noch immer im Krankenhaus war, auch wenn sie nie Zeit hatten, vorbeizukommen und sich davon zu überzeugen, dass sein Leben tatsächlich in Gefahr war.

Aber wie sollte ich ihnen klarmachen, dass es möglich war, ihn zu retten, wenn jemand dafür an seine Stelle trat? Und wer wäre bereit, das wirklich zu tun?

Es war eine Sache, ihm nach einem Auftritt zu applaudieren oder ihm schöne Augen zu machen oder ihm im Überschwang zu sagen, dass man bereit wäre, alles Mögliche für ihn zu tun, aber eine andere, das dann auch in die Tat umzusetzen. Ganz abgesehen davon, dass kein vernünftiger Mensch an diesen magischen oder diabolischen Rollentausch glaubte, den ich naiverweise – war ich wirklich so blöd gewesen? – einfach so auf Facebook gepostet hatte, um mich vor allen zum Affen zu machen.

Und jetzt?

Jeden Moment konnte Hermes wieder hier auftauchen, mit seinem gleichzeitig attraktiven und arroganten Lächeln im Gesicht, und mir sagen, dass das zu erwarten gewesen war, dass er es gewusst hatte, dass das mit der Freundschaft nur so dahergesagt war, dass niemand bereit war, etwas für einen anderen zu tun, geschweige denn sein Leben für jemanden zu geben.

Wer war Hermes wirklich? Und der andere, der Ältere, der Ted engagiert hatte? Wer waren sie? Was waren sie? Welche Macht hatten sie? Waren sie einfach nur zwei reiche Männer, die aus Langeweile mit den Gefühlen eines Mädchens spielten, das völlig allein war auf der Welt? Oder waren sie etwas anderes? Magier? Teufel? Halbgötter?

Was für ein Quatsch! Aber ich konnte nicht anders, als so zu denken, denn auch, wenn es völlig absurd war, wusste ich, wenn sie vor mir standen, dass sie keine normalen Menschen waren, dass sie etwas Übermenschliches hatten, irgendwelche besonderen Kräfte, die sie anders sein ließen.

Ohne es zu merken, knetete ich aus purer Verzweiflung meine Finger, bis es wehtat. Es gab keine Lösung. Ted würde sterben, weil irgendjemand es so entschieden hatte – weil er einfach Pech hatte oder weil es sein Schicksal war. Oder Gottes Wille, wie die Nonnen, bei denen ich aufgewachsen war, immer gesagt hatten, was im Grunde auf das Gleiche hinauslief. Und ich würde wieder allein auf der Welt sein, nachdem ich nun wusste, was es bedeutete, wirklich geliebt zu werden.

Ich öffnete die Augen, die ich geschlossen hatte, um meine

Tränen aufzuhalten, und sah Hermes am Ende des Flurs in meine Richtung kommen. Weiter hinten stieg in aller Ruhe der ältere Mann, der Ted engagiert hatte, aus dem Aufzug.

In dem Moment geschah es. Es war wie ein Blitz. Im Bruchteil einer Sekunde traf ich die Entscheidung.

Noch bevor Hermes mich erreicht hatte, hatte ich es mir genau überlegt.

»Hallo, Celeste«, sagte er freundlich. »Wie steht's mit dem Experiment? Hast du jemanden gefunden, der bereit ist, mit Ted zu tauschen?«

Ich nickte schweigend, und Hermes' Gesichtsausdruck änderte sich schlagartig. Ich glaube, dass ihn nach langer Zeit jemand wirklich mit etwas überrascht hatte, dass er diese Antwort absolut nicht erwartet hatte. Allein das war die Sache schon wert gewesen.

Er ging neben mir in die Hocke, bebte vor Neugier.

»Sag mir den Namen, damit ich ihn suchen und zu Aides' Haus begleiten kann.«

Ich sah ihm eindringlich in die Augen; in jene seltsamen Augen, die leuchteten wie eine Neonreklame.

»Ich werde seine Stelle einnehmen.«

Es vergingen einige Sekunden, in denen wir uns schweigend ansahen, dort, auf dem Boden im Warteraum des Krankenhauses.

»Bist du sicher?«, fragte er schließlich.

»Ja«, antwortete ich leise.

»Du weißt, was das bedeutet, oder? Dass du diese Welt für immer verlassen musst, dass du sterben musst, damit er lebt?«

»Ja«, wiederholte ich. Für mehr reichte meine Kraft nicht.

»Warum?«, fragte er, noch immer von meinem Angebot überrascht.

Ich glaube, dass ich kurz mit den Schultern zuckte.

»Weil ich ihn liebe. Weil ich nicht allein zurückbleiben will. Weil er mehr wert ist als ich … Oder nein … das ist es nicht. Ich weiß nicht … weil ich ihn liebe«, wiederholte ich. Letztendlich war es genau das, alles andere war bedeutungslos. Diese vier Worte waren alles, was zählte: weil ich ihn liebe. Und in diesem Moment erschien es mir eine gute Idee, für ihn zu sterben.

»Weil du ihn liebst …«, wiederholte Hermes. »Ja. Natürlich.« Er sah mich an, wie niemand zuvor mich angesehen hatte, nicht einmal bei einem meiner besten Auftritte: völlig perplex, verständnislos, als wäre ich nicht von dieser Welt, voll grenzenloser Bewunderung. »Beinahe neidisch«, dachte ich, wobei ich nicht wusste, ob es Neid darauf war, dass ich in der Lage war, jemanden so zu lieben, oder dass jemand mir so viel bedeutete, wie er es noch nie empfunden hatte. Es entstand eine Pause, die mir sehr lang vorkam, und für einen kurzen Moment dachte ich, er würde mir nun sagen, dass alles nur ein Witz gewesen war, dass er gar nicht in der Lage war, diesen Austausch vorzunehmen. Oder, im Gegenteil, dass es nun ernst würde, dass er mich beim Wort nehmen würde. Und ich weiß nicht, was mir mehr Angst machte.

»Warte einen Moment«, sagte er schließlich. »Ich rede mit Aides.«

Er stand auf, behände wie eine junge Katze, und ging über den Flur zu den Aufzügen hinüber, wo der Ältere stand. In diesem Moment machte die Uhr ein klackendes Geräusch, und der Minutenzeiger sprang um. Es war zehn nach elf Uhr abends, und das Krankenhaus war verlassen wie ein besatzungslos auf dem Meer treibendes Schiff.

Erneut umschlang ich meine Knie, verbarg den Kopf zwischen den Armen und schloss die Augen, während ich auf seine Rückkehr wartete.

Ich wollte nicht daran denken, was ich getan hatte, was

mich erwartete, wenn sie mein Angebot annahmen. Ich wollte nicht wissen, was es bedeutete – wenn all das kein schlechter Scherz war –, bald, sehr bald, nicht mehr am Leben zu sein, noch bevor ich achtzehn Jahre alt wurde.

Ich hörte, wie Hermes' Schritte sich wieder näherten, und plötzlich hatte ich Angst, den Kopf zu heben und ihn anzusehen. Also tat ich es nicht.

Ich spürte seine Hand auf meinem Kopf, dann seine Finger, die über mein Haar strichen.

»Aides ist einverstanden, Celeste«, sagte er mit einer Stimme, die so zärtlich war wie der Wind, der durch die blühenden Apfelbäume strich. »Morgen wird Ted wieder gesund sein. Ich konnte Aides überreden, dass du ein paar Stunden haben wirst, um dich von ihm zu verabschieden. Morgen Abend, wenn die Sonne untergeht, erwarte ich dich auf dem Krankenhausparkplatz. Wenn du nicht kommst, werde ich dich suchen, dich finden und dich mitnehmen, mit Gewalt, wenn es sein muss. Ich hoffe, das wird nicht nötig sein, Celeste. Du kannst eh nicht vor mir fliehen.«

Ich wusste in meinem tiefsten Inneren, dass das die Wahrheit war, dass, wenn ich nicht zur angegebenen Zeit am angegebenen Ort war, Hermes mich suchen und finden würde. Und ich wusste auch, dass das nicht angenehm sein würde, trotz seines zärtlichen Blicks und seiner scheinbaren Freundlichkeit.

Da fiel mir ein, woher ich ihn kannte: Er war der Junge mit dem Fahrrad, dem ich am Stephansdom begegnet war, als ich mit Nanni unterwegs gewesen war, um Teds Geburtstagsgeschenk zu kaufen, in einer Zeit, die mir eine Ewigkeit her zu sein schien, in einem anderen Leben, etwas, was jemand anderer erlebt hatte, eine andere Les, die nicht ich war; er war der Junge, der so verstört schien, als wäre er gerade vom Himmel gefallen. Der Bote.

Ted

Ich kann nicht erklären, was ich gefühlt habe, als ich die Augen öffnete und das Zimmer sah, in dem ich mich befand, es tatsächlich wahrnahm, anders als vorher, als ich unbewusst irgendwelche Dinge vor mir gesehen hatte. Es war ein Krankenhauszimmer, etwas aufwendiger ausgestattet als normalerweise, voller Maschinen mit roten und grünen Lämpchen, vielen Schläuchen und mit einem Fenster zum Flur hin.

Ich betrachtete das Zimmer, ohne mehr als die Augen zu bewegen, und merkte, dass ich den Blick fokussieren konnte, dass ich keine Halluzination hatte, dass die Bilder, die ich sah, klar, solide und eintönig waren.

Ich war allein im Zimmer, lag auf dem Rücken in einem warmen Bett. Nichts tat mir weh, und das überraschte mich, denn ich konnte mich gar nicht mehr daran erinnern, wie es war, ohne Schmerzen zu sein. Fieber hatte ich auch keines, meine Augen brannten nicht, und meine Lippen waren nicht mehr so rau und aufgesprungen, als hätte ich mich tagelang verdurstend durch die Wüste geschleppt. Ich spürte, dass mein Herz regelmäßig schlug, dass mein Puls stabil war, dass alles in meinem Körper perfekt funktionierte wie eine Uhr mit neuer Batterie.

Ich konnte mir nicht erklären, was diese plötzliche Veränderung verursacht hatte, die ich in jeder Zelle meines Körpers spürte, aber das war mir in diesem Moment völlig egal; das Einzige, was zählte, war, dass ich mich gut fühlte.

Mein erster Gedanke war, aus dem Bett zu springen und

nachzusehen, wo genau ich mich befand, aber das wagte ich nicht, weil in meinem Handrücken eine Nadel steckte, über die ich über einen Schlauch mit einer Flasche verbunden war, die neben dem Bett hing und schon beinahe leer war. Das Beste war wohl, darauf zu warten, dass jemand kommen und mich davon befreien würde. Oder ich drückte einfach auf den roten Knopf und klingelte nach einer Krankenschwester, die mir erklären konnte, was geschehen war und warum ich hier war.

Dunkel konnte ich mich daran erinnern, dass ich einen Unfall gehabt hatte, dass mich ein Lieferwagen angefahren hatte, als ich auf dem Bürgersteig unterwegs gewesen war.

Wenn der Fahrer erwischt worden war, war es möglich, dass mir eine Schadenersatzzahlung von seiner Haftpflichtversicherung zustand. Darüber musste ich mich unbedingt informieren, sobald ich das Bett verlassen konnte; das Geld würde mir vielleicht ein neues Leben ermöglichen, wenn ich die Schule beendet hatte und das Waisenhaus verlassen musste.

Ich lächelte und streckte mich beinahe glücklich im Bett aus.

Dann suchte ich auf dem Nachttisch nach meinem Handy, um Les anzurufen, aber ich konnte es nicht finden. Vielleicht war es im Schrank, oder sie hatten es Les oder Claudia gegeben, damit es nicht gestohlen würde. Ohne mein Handy wusste ich auch nicht, wie spät es war. Und da das Fenster meines Zimmers auf den Gang hinausging, konnte ich auch nicht am Licht erkennen, ob es Tag oder Nacht war. Am besten klingelte ich gleich nach der Schwester. Auch in der Nacht musste hier ja jemand Dienst haben.

Ich drückte auf den Knopf und wartete, ohne die Tür aus den Augen zu lassen.

Ein paar Minuten später – die mir wie eine Ewigkeit erschienen – trat eine Krankenschwester mit einem Mundschutz ins Zimmer, und hinter der Fensterscheibe konnte ich wunderbarerweise Les erkennen, die mich mit großen Augen anstarrte, als sähe sie ein Gespenst. Was für ein Glück! Les war hier!

Ich winkte ihr mit der freien Hand zu, doch gleich darauf trat die Krankenschwester an mein Bett und versperrte mir den Blick zum Fenster und auf Les.

Sie löste den Schlauch von meiner Hand, nahm meinen Puls, sah mir in die Pupillen und begann mir Fragen zu stellen, die mir ziemlich dämlich erschienen: Hast du Kopfschmerzen? Ist dir schwindelig? Oder schlecht? Wie heißt du? Wie alt bist du? Wie viel ist acht plus sieben? Welchen Monat haben wir? Ich sagte ihr, dass ich Hunger hatte, und sie starrte mich an, als hätte sich meine Haut plötzlich blau gefärbt. Sie atmete tief durch, und bevor sie aus dem Zimmer stürzte, ermahnte sie mich: »Bleib im Bett! Versuch nicht, allein aufzustehen! Ich hole den Doktor. Bleib ganz ruhig hier liegen, in Ordnung?«

Durch das Fenster sah ich, dass sie kurz mit Les sprach und sehr aufgeregt war; dann verschwand sie aus meinem Blickfeld, und ich bedeutete Les, dass sie zu mir ins Zimmer kommen sollte.

Sie lächelte und weinte gleichzeitig, dann schüttelte sie den Kopf und gab mir durch Gesten zu verstehen, dass die Schwester es ihr verboten hatte. Also schlug ich die Decke zurück und machte Anstalten aufzustehen, sodass sie, wie ich erwartet hatte, die Tür öffnete, um zu verhindern, dass ich das Bett verließ.

»Du darfst noch nicht aufstehen, du sturer Hund!«, sagte sie ängstlich. Wie sehr hatte ich ihre Stimme vermisst! »Bleib liegen, du Dummkopf! Dein Zustand war sehr ernst! Es ist absolut ungewöhnlich, dass es dir auf einmal so gut geht.«

»Komm her, Les, bitte, gib mir einen Kuss.«

Sie blickte über die Schulter zurück, trat ein, setzte sich auf die Bettkante, und wir umarmten uns. Ich glaube, das war das Wunderbarste, was ich je erlebt hatte: Lessas Körper an meinem zu spüren, nachdem ich so oft gedacht hatte, sterben zu müssen. Ich wusste nicht, wie viele Tage ich in diesem Zimmer verbracht hatte, aber es mussten viele gewesen sein, denn Les war nur noch Haut und Knochen und zitterte wie ein kleines Vögelchen.

»Jetzt ist alles wieder gut, mein Schatz«, sagte ich, während ich ihren Rücken streichelte, ihren Nacken, und zärtlich in ihr Haar griff.

Sie schüttelte den Kopf, was ich nicht verstand, und schluchzte immer heftiger. Ich nahm an, dass das die Nerven waren, nachdem sie so lange Zeit mit dem Schlimmsten hatte rechnen müssen.

»Sieh mich doch an, Dummerchen. Ich bin wieder gesund. Mir geht es so gut wie nie. Wenn sie mich gleich untersucht haben und wissen, dass mit mir wieder alles in Ordnung ist, können wir uns von hier für immer verabschieden. Was für ein Tag ist heute?«

Es fiel ihr schwer zu antworten, aber es gelang ihr zwischen zwei Schluchzern. »Der 22. Dezember.«

Ich pfiff durch die Zähne. »Dann bin ich hier seit …«

»Neunzehn Tagen«, sagte sie.

»So lange? Aber ich kann mich nicht beklagen: An deinem Geburtstag bin ich wieder zu Hause, und Weihnachten hab ich auch nicht verpasst.«

Les begann wieder laut zu weinen und umklammerte mich fast verzweifelt. Allmählich kam mir ihr Verhalten ziemlich seltsam vor, aber gerade als ich sie danach fragen wollte, stürmten gleich mehrere Ärzte ins Zimmer und verbannten Les nach draußen, obwohl ich ihnen sagte, dass sie bleiben sollte.

Sie stellten mir gleich jede Menge Fragen, dann wurde ich ins Untergeschoss gebracht, wo sie mich von Kopf bis Fuß untersuchten, eine Computertomografie durchführten und was weiß ich noch alles mit mir veranstalteten, sodass ich Les erst viel später wiedersah. Aber zwischen den einzelnen Untersuchungen kam mir die Idee zu einem Fest, wie es die Welt noch nicht gesehen hatte, das ich feiern wollte, sobald ich an Lessas Hand dieses Krankenhaus verlassen durfte. Ich war mir sicher, dass sie alles, was mir dazu eingefallen war, wunderbar finden würde.

Lessa

Als sie Ted zum Aufzug brachten, lehnte ich mich an die Wand und rutschte langsam auf den Boden hinunter, weil sich meine Beine anfühlten, als wären sie aus Gummi und könnten mich nicht mehr tragen.

Es war Viertel nach sieben am Morgen. Ted war wieder gesund geworden, wie Hermes es mir versprochen hatte. Damit war klar, dass unser Handel galt, und das bedeutete, dass mein Leben noch an diesem Tag zu Ende sein würde, am 22. Dezember, in wenigen Stunden. Was hatte Hermes gesagt? Bei Einbruch der Dunkelheit? Am Abend? Ich erinnerte mich nicht.

Im Dezember waren die Tage sehr kurz. Wenn er gesagt hatte »bei Einbruch der Dunkelheit«, bedeutete das, dass er spätestens um vier Uhr nachmittags kommen würde, um mich zu holen. Mir blieben also noch sieben, acht Stunden. Aber wegen dieser verdammten Ärzte, die nichts getan hatten, um Ted zu retten, und jetzt unbedingt verstehen wollten, warum er so plötzlich wieder gesund geworden war, konnten wir die kurze Zeit, die wir noch hatten, nicht zusammen verbringen. Er würde von einer Untersuchung zur nächsten geschickt werden, während ich die letzten Stunden am letzten Tag, den ich noch zu leben hatte, im Warteraum des Krankenhauses verbringen musste, in der Hoffnung, dass sie ihn zurück in sein Zimmer bringen würden, bevor ich für immer gehen musste. Und weil er davon ja keine Ahnung hatte, würde auch er nicht versuchen, das Ganze zu beschleunigen.

Ich überlegte, für eine Weile nach draußen zu gehen, ein wenig durchs Stadtzentrum zu bummeln, um mir die Weihnachtsdekoration anzusehen und mich von der Welt zu verabschieden. Aber dann stellte ich mir vor, wie ich in der Kälte all die anderen Leute sehen würde, die zufrieden und gut gelaunt Pläne für die Festtage machten, Geschenke kauften oder einen Glühwein auf dem Weihnachtsmarkt tranken, und ich wusste, dass all das meine Einsamkeit und meine Trauer nur noch verstärken würde.

Es war besser, hierzubleiben und auf Ted zu warten.

Da ich wusste, dass es noch eine Weile dauern würde, bis er zurückkam, ging ich in die Cafeteria hinunter, bestellte einen Cappuccino und ein Schoko-Croissant und begann, mir einen Film auf dem Tablet anzusehen. Doch es gelang mir nicht, mich darauf zu konzentrieren, und das Croissant schmeckte nach Pappe.

Und wenn doch alles nur ein Scherz war?

Das wäre schön, aber ich glaubte selbst nicht daran.

Nein. Es war, wie es war: Ted war gerettet, und ich konnte mich darüber freuen, dass er, dank meiner Entscheidung, lebte und der große Musiker werden konnte, der zu sein ihm bestimmt war. Dass ich das nicht mehr erleben würde, war unwichtig. Dass all unsere Träume niemals in Erfüllung gehen würden, war die Bedingung dafür, dass zumindest die seinen oder ein Teil davon wahr werden würden. Er würde mich immer lieben, mich nie vergessen, dessen war ich mir sicher.

Wobei mir natürlich klar war, dass er sich früher oder später neu verlieben und eine andere verwöhnen würde so wie mich bisher, wie eine Prinzessin. Er würde ihr einen Anhänger schenken und mit ihr schlafen und, wenn der richtige Moment gekommen war, würde er ihr einen Heiratsantrag machen.

Er würde Kinder haben, so wie wir zusammen Kinder haben wollten, um sie glücklich zu machen und ihnen eine Kindheit, wie wir sie hatten, zu ersparen. Und wenn er eine Tochter bekam, würde er sie vielleicht Celeste nennen. »In Erinnerung an meine erste Freundin, die ich sehr geliebt habe und die mit achtzehn Jahren gestorben ist, gerade als ich wie durch ein Wunder nach einem Unfall, der mich beinah das Leben gekostet hätte, wieder gesund geworden war«, würde er zu seiner Frau sagen, während er ihre Hand hielt und an mich dachte.

Plötzlich wurde mir bewusst, dass ich in der Öffentlichkeit heulte wie ein Schlosshund – zum Glück befand ich mich in einem Krankenhaus, wo weinende Menschen nichts Ungewöhnliches waren – und mir Dinge vorstellte, wie sie in einen dummen, kitschigen Liebesfilm gehörten.

Ich war eine erwachsene Frau, auch wenn ich offiziell erst am 24. Dezember volljährig wurde – was für ein Zufall, dass mein Geburtstag genau auf Heiligabend fiel, aber das war das Datum, das in meiner Geburtsurkunde stand –, und hatte eine eigenverantwortliche Entscheidung getroffen, völlig unbeeinflusst von anderen, nachdem ich die Situation abgewogen hatte. Ich hatte entschieden, mein Leben für den Menschen zu geben, den ich liebte, zu sterben, damit er leben konnte. Und es gab keinen Grund, das zu dramatisieren.

Wenn es so war, wie ich immer geglaubt hatte, und sterben nichts anderes war, als wie unter Narkose zu schlafen – man schlief, und das war's, ohne zu träumen oder irgendwann wieder aufzuwachen –, was war dann schlimm daran? Dass man nie wieder lachen würde? Nie mehr die Sonne sehen, schwimmen gehen oder Schokolade essen würde? Es würde mir gar nicht auffallen, weil ich einfach aufgehört hätte zu existieren.

Und wenn mich gegen meine Überzeugung nach dem

Tod doch ein anderes Leben erwartete, wäre das eine wunderbare Überraschung. Denn es würde ein tolles Leben sein, weil ich immer ein guter Mensch gewesen war, niemals bewusst etwas Böses getan hatte, mir nichts Gravierendes vorwerfen konnte. Wenn die Nonnen recht hatten, war es sogar so, dass ich mein Leben für einen anderen Menschen geopfert hatte. Aus Liebe. Und das war ein bedeutendes Opfer, das größte, das man bringen konnte.

Ich hatte also nichts zu befürchten.

Trotzdem war ich voller Panik, und meine Hände zitterten wie die eines Süchtigen auf Entzug. Das Bild, das ich im Spiegel des Waschraums sah, war das einer leichenblassen jungen Frau mit eingefallenen Wangen und dunklen Schatten unter den geröteten Augen, die fiebrig glänzten, als hätte jemand darin ein Licht entzündet.

Plötzlich fiel mir ein, dass Hermes gesagt hatte, er würde mich zu Aides' Haus bringen. Mir lief ein eiskalter Schauer den Rücken hinab, und ich musste mich am Waschbecken festhalten, um nicht zusammenzusacken. Zu welchem Haus? Was würde dort mit mir geschehen?

Und wenn sie mir vor meinem Tod noch irgendwelche schlimmen Dinge antaten? Wenn sterben nicht einfach nur bedeutete einzuschlafen und nicht zu träumen, wie ich gedacht hatte, sondern wenn ich davor noch gefoltert wurde?

Ich war bereit zu sterben, aber die Vorstellung, gefoltert oder vergewaltigt zu werden oder sonst etwas erleiden zu müssen, war unerträglich. Ich musste Hermes unbedingt danach fragen, bevor er mich mitnahm.

Dann musste ich selbst darüber lachen. Was würde er wohl antworten? Natürlich das, was ihm am besten in den Kram passte. Er würde nicht so dumm sein, mir zu verraten, ob sie vorhatten, mich zu ihrem Vergnügen noch ein bisschen mit dem Messer und dem Skalpell zu bearbeiten, bevor sie mich letztendlich töteten. Er würde mir versichern, dass ich keine Angst zu haben bräuchte, dass alles sehr sanft und natürlich ablaufen würde, und ich würde ihm glauben müssen. Oder auch nicht. Denn egal, was ich tat, einen Ausweg gab es nicht.

Ich wusch mir das Gesicht und ging wie eine alte Frau, die sich mit der Hand an der Wand des Flures abstützen musste, zurück in den Warteraum, um auf Teds Rückkehr zu warten.

Ditta blieb im Eingang des Café Landtmann *stehen und sah sich um. Im Moment konnte sie ihn nirgendwo entdecken, wobei es durchaus möglich war, dass er noch gar nicht eingetroffen war. Daher bat sie den Kellner um einen Tisch für zwei und folgte ihm dann von einem Raum in den anderen, bis sie schließlich an einem kleinen Tisch am Fenster Platz nahm, der einen Ausblick auf das Universitätsgebäude und die breite baumbestandene, derzeit mit festgefahrenem Schnee bedeckte Straße bot.*

Unauffällig betrachtete sie sich in einem goldgerahmten Spiegel, der außerdem gut die Hälfte des Salons wiedergab. Sie sah eine attraktive Frau um die dreißig vor sich, mit blondem gewelltem Haar, gekonnt geschminkten großen blauen Augen und einem wohlgeformten festen Körper in edler Kleidung, die aus einem beigefarbenen Kaschmirpullover und einer Hose aus schwarzem, so feinem Leder bestand, dass sie beinahe wie eine zweite Haut wirkte. Ein wenig dezenter Schmuck – Gold und Diamanten – rundete das perfekte Bild ab.

Sie öffnete ihre Handtasche, nahm einen Lippenstift heraus und frischte den Glanz ihrer Lippen auf. Sie hatten sich lange nicht mehr gesehen, und er sollte sie hübsch finden, trotz der vielen Jahrhunderte, die seit ihrer letzten Begegnung vergangen waren. Sie brannte darauf, endlich zu erfahren, wie er jetzt aussah, in welchem Körper er wiedergeboren worden war. Sicher war er schön, und man merkte ihm den Künstler an. Denn das waren die beiden Haupteigenschaften ihres Bruders. Aber das Schönheitsbild veränderte sich im Laufe der Zeit, genau wie das Kunstverständnis. Würde sie ihn erkennen? Würde sie ihn auch jetzt noch attraktiv finden?

Sie musste nicht lange auf ihn und die Beantwortung ihrer Fragen warten. Im selben Moment, als seine Gestalt sich im Eingang des alten Cafés mit den Lampen aus verziertem Glas und den mit edlem Holz verkleideten

Wänden abzeichnete, wusste sie, dass er es war, dass es kein anderer sein konnte. Groß, elegant, gut gekleidet, sehr männlich, doch mit dieser gewissen edlen Vornehmheit, die ihn von allen anderen unterschied. Er war so schön, dass es beinahe wehtat.

Alle Anwesenden sahen sich nach ihm um und folgten ihm mit dem Blick, genau wie sie es vorhin getan hatten, als sie an ihrem Tisch Platz genommen hatte.

Ditta stand auf und wartete mit einem Lächeln auf den Lippen, dass er näher trat.

»Meine wunderschöne Schwester«, sagte er und küsste ihre Hand, um Ditta gleich darauf zu umarmen, wobei auch sein angenehmer Duft nach Moschus und Sandelholz sie umfing.

»Mein allerliebster Bruder. Herzlich willkommen!«

Sie setzten sich, wobei sie den Blick nicht voneinander abwandten und die Hände des anderen nicht losließen.

»Es ist so lange her ...«

»So endlos lange ...«

Sie lächelten sich an, hielten sich zärtlich an den Händen und blickten sich in die Augen wie zwei frisch Verliebte oder wie zwei Menschen, die nicht damit gerechnet hatten, sich noch einmal wiederzusehen.

»Wie unberechenbar das Dasein ist! Manchmal existieren wir, dann wieder nicht.«

Sie nickte lächelnd, während der Kellner zu ihnen kam, um die Bestellung aufzunehmen.

»Champagner?«

»Natürlich.«

Ditta betrachtete ihn so intensiv, als müsste sie sich für immer die Gesichtszüge des geliebten Wesens ihr gegenüber einprägen, die breite Stirn, das kräftige, glänzende dunkelblonde Haar, die strahlenden mandelförmigen grauen Augen – das markante Gesicht eines reifen Mannes; kein Jugendlicher mehr oder ein junger Mann wie Hermes, sondern ein schöner, großer, stattlicher Mann, der sich elegant bewegte wie ein Athlet oder ein Tänzer, in Schwarz gekleidet, mit einem grauen Schal um den Hals.

»Mir fällt immer wieder auf, dass wir in einen Körper und in eine Umgebung zurückkehren, die zu unserer früheren Persönlichkeit passen«, meinte sie, ohne seine schmalen, aber kräftigen Hände loszulassen. »Wer bist du diesmal?«

»Ich arbeite hauptsächlich als Choreograf und tanze nur noch selten, jetzt, in meinem Alter.« Er lächelte verschmitzt. »Ich bin sehr bekannt in der Ballettszene, bei den berühmtesten Theatern der Welt, habe einen ausgezeichneten Ruf, wie zu erwarten war. Derzeit bin ich an der Staatsoper engagiert. Und du?«

»Ich führe eine Kunstgalerie; es gefällt mir gut. Wiens beste Gesellschaft und auch international die höchsten Kreise ... Du weißt schon ...« Mit einer Geste versuchte sie, es herunterzuspielen.

»Wie viele sind wir diesmal?«

»Du und ich, Hermes, Koré, ihre Mutter, Aides ... soweit ich weiß, war es das.«

»Diou ist nicht dabei?«, fragte er überrascht.

»Wenn es so wäre, wüsste ich es, nehme ich an.«

»Seltsam. Aber ich glaube nicht, dass ich ihn vermissen werde. Und der schöne Aos ist auch nicht da?«

Ditta kniff die Lippen zusammen. »Nein, nicht dass ich wüsste.«

»Wie schade für dich! Aber immerhin erspart uns das Probleme mit Koré.« Er redete weiter, als wäre ihm die Verärgerung seiner Schwester nicht aufgefallen. »Ich nehme an, dass du auch keine Ahnung hast, welchem glücklichen Umstand wir zu verdanken haben, wieder am Leben zu sein?«

»Nein, ich habe in der Tat keine Ahnung, aber gerade heute, auf dem Weg hierher, habe ich ein Werbeplakat für ein Musical gesehen, das offensichtlich bereits seit ein oder zwei Jahren aufgeführt wird: Die Götter des Elysiums.«

Er lächelte.

»Wenn viele Leute es gesehen haben, ist es möglich, dass einige von ihnen – nicht viele natürlich, aber ein paar – sich mit gewissen Mythen und Sagen beschäftigt und so intensiv an uns gedacht haben, dass sie uns, ohne es zu wissen, herbeigerufen haben, so wie es früher schon geschehen ist.«

»Es ist gut möglich, dass du recht hast, meine liebe Schwester. In diesem Fall ist es wohl besser, wenn wir uns darauf einstellen, dass wir nicht lange unter den Lebenden weilen werden. So ein Ruf ist vergänglich.« Er nahm ein silbernes Etui aus der Tasche und bot Ditta eine Zigarette an, die den Kopf schüttelte, bevor er sich mit offensichtlichem Genuss selbst eine anzündete. »Gibt es etwas Neues?«

Ditta strich sich mit beiden Händen das Haar zurück und seufzte. »Aides hat jemanden gefunden, den er mit nach Hause nehmen möchte; du kennst ihn ja, er und seine künstlerischen Anwandlungen ... Es handelt sich um einen jungen Mann, einen Musiker wie dich. Das Mädchen, das ihn liebt, hat mich um Hilfe gebeten, und Koré und ich konnten Aides davon überzeugen, jemand anderen anstelle des Jungen zu akzeptieren ...«

»Aber ...?«

»Woher weißt du, dass es ein Aber gibt?«

»Weil ich dich kenne.«

Der Kellner stellte einen silbernen Champagnerkübel auf den Tisch, und auf ein unauffälliges Zeichen des Mannes hin zog er sich gleich wieder zurück und überließ alles Weitere dem Gast.

»Mein schöner Helios«, sagte Ditta und streichelte seine Hand, »so schön und so intelligent.«

»Erzähl es mir.« Er öffnete die Flasche mit einem diskreten ploppenden Geräusch des Korkens, füllte die beiden Gläser, die sofort beschlugen, und bot seiner Schwester eines an.

»Die Idee, den jungen Mann durch eine andere Person zu ersetzen, war gut; eine elegante, wenn auch nicht besonders originelle Art zu verhindern, dass Aides durch eine Meinungsänderung sein Gesicht verliert. Aber leider lief es darauf hinaus, dass das Mädchen, nachdem es vergeblich versucht hat, jemanden zu finden, der bereit war, die Stelle seines Geliebten einzunehmen, entschieden hat, sich selbst zu opfern und sich Aides auszuliefern.«

»Beachtlich«, meinte Helios, bevor er sein Glas leerte. »Das ist schon einmal vorgekommen, vor Jahrhunderten. Ich dachte, dass es eine derart bedingungslose Liebe heute nicht mehr gibt.«

»Ja, bewundernswert, das gebe ich zu, aber ich möchte nicht, dass diese junge Frau, die mich um Hilfe gebeten hat, sterben muss, damit er lebt; das erscheint mir nicht richtig, Helios. Außerdem verdient sie es, unter deinem Schutz zu stehen; sie singt wie eine Göttin, du wirst noch Gelegenheit haben, ihr zuzuhören. Ich möchte, dass sie weiterlebt, Helios, ich möchte, dass wir sie retten.«

»Weißt du auch schon wie, meine süße Schwester?«

»Nein. Genau deswegen bitte ich dich um deine Unterstützung. Lass uns zusammen überlegen, eine Entscheidung treffen und handeln.«

»Ich bin mir heute beim Aufwachen gerade erst meiner selbst bewusst geworden, liebe Ditta. Lass mir ein wenig Zeit, dass ich mich an meinen neuen Körper gewöhnen kann, an meinen Geist, meine Sprache, an diese seltsame Stadt. Begleite mich, zeig mir, was ich noch nicht kenne. Dann tun wir, was nötig ist.«

»Sie muss heute mit Hermes zu Aides' Haus gehen. Bei Einbruch der Dunkelheit.«

Helios sah aus dem Fenster auf die Straße im kalten winterlichen Morgenlicht.

»Dann bleibt uns noch ein wenig Zeit, meine Schöne. Trinken wir erst einmal.«

Er füllte erneut die Gläser, und nachdem sie – wie sie es bei den anderen Gästen sahen – mit einem leisen Klingen angestoßen hatten, leerten sie sie in einem Zug.

Ted

Ich fühlte mich so stark, so gesund, so glücklich und war so gut gelaunt, dass das Erste, was ich dachte, als ich Les vor mir sah – leichenblass und mit dunklen Schatten unter den Augen –, war, sie ins Bett zu stecken und zu pflegen, bis sie wieder sie selbst war. Aber sie stürzte sich gleich derart verzweifelt in meine Arme, dass ich nichts anderes machen konnte, als ihr übers Haar zu streichen wie einem verängstigten kleinen Tier und zu versuchen, sie zu beruhigen.

Die Ärzte waren noch nicht bereit, mich offiziell zu entlassen, aber es war mir zumindest gelungen, sie zu überzeugen, dass ich am nächsten Morgen gehen dürfte. Inzwischen hatten auch die Ärzte eingesehen, dass ich wieder völlig gesund war, sodass es, obwohl meine plötzliche Genesung ein Wunder war, wie ich heimlich mitbekommen hatte, keinen Grund gab, dass sie mich länger im Krankenhaus behielten.

Als ich Les die freudige Nachricht mitteilte, dass ich schon am nächsten Tag gehen könnte, sah sie mich entsetzt an und stotterte: »Morgen? Nicht heute?«

»Es ist doch nur noch eine Nacht, Les. Du gehst heute Abend nach Hause und schläfst dich gut aus. Die Krankenschwester hat mir erzählt, dass du die ganze Zeit über hier gewesen bist und in einem Schlafsack auf dem Boden im Warteraum übernachtet hast. Das wäre nicht nötig gewesen, mein Schatz, aber ich danke dir dafür, vielen, vielen Dank! Heute kannst du dir das, Gott sei Dank, wirklich ersparen. Es geht mir gut, wie du siehst. Geh heim, nimm eine Dusche, iss gut und schlaf, so lange du kannst. Und dann kommst du morgen wieder her, wenn du möchtest, holst mich ab, und wir gehen zusammen nach Hause.«

Sie sah mich an wie ein Flüchtling, der vom Schiff aus schweren Herzens Abschied von seiner Heimat nimmt, und ihre Augen blickten derartig traurig, als wüsste sie, dass wir uns nie mehr wiedersehen.

Ich hatte keine Ahnung, was mit ihr los war. Das war nicht meine Les, wie ich sie kannte. Vielleicht hatte sie in den letzten Wochen so sehr gelitten, dass sie nun nicht begreifen konnte, dass alles vorbei war, dass unser Leben ganz normal weitergehen würde, dass sie nach Hause gehen und am nächsten Tag wiederkommen konnte, ohne dass es ein endgültiger Abschied wäre.

»Jetzt rasiere ich mich erst mal; ich sehe furchtbar aus, wie ein alter Mann an der Schwelle des Todes. Hast du Claudia schon gesagt, dass ich wiederkomme?«

Sie schüttelte den Kopf, wobei sie auf den Boden starrte.

»Rufst du sie an, während ich mich rasiere?«

»Ist gut.«

Ich sah, wie sie nach ihrem Handy griff, als ich ins Badezimmer ging. Ich konnte kaum hören, was Les sagte, aber sie klang seltsam niedergeschlagen, als wäre sie traurig, anstatt sich über meine Genesung zu freuen. Es war mir völlig unverständlich.

»Claudia möchte, dass du sie anrufst, sobald du kannst. Sie sagt, dass sie es erst glaubt, wenn sie deine Stimme hört. Außerdem möchte sie wissen, was du gern essen möchtest. Du darfst dir für morgen etwas wünschen.«

Ich lachte, umfasste Les an der Taille, hob sie hoch und wirbelte sie zwei, drei Mal herum; mir war vor lauter Glück beinahe schwindelig.

»Gleich nach Weihnachten werde ich mich mal informieren, ob ich ein Recht auf Schadenersatz habe«, sagte ich ihr.

»Stell dir vor, Les, wenn ich wegen des Unfalls etwas von der Versicherung bekomme, könnten wir, wenn das Studium beginnt, zusammenziehen, oder vielleicht sogar schon vorher, im Sommer.«

Ihr Lächeln war starr, kalt, künstlich, als hätte man es ihr ins Gesicht getackert.

»Was hast du, Les? Was ist los?«

»Nichts«, antwortete sie eine Spur zu schnell. »Nichts. Ich bin nur müde.«

»Freust du dich nicht, dass es vorbei ist?«

»Natürlich«, meinte sie, wobei sie den Blick abwandte, von mir abrückte. »Natürlich freue ich mich, nachdem ich drei Wochen hier verbracht habe und ununterbrochen daran denken musste, dass du vielleicht nicht mehr gesund wirst. Ich bin einfach nur erschöpft, Ted. Und schwach. Und ... ich weiß nicht ... ich fühle mich, als wäre das alles nur ein Traum und ich müsste Angst haben aufzuwachen, während ich mir gleichzeitig wünsche, die Augen zu öffnen und die Realität zu akzeptieren, so furchtbar sie auch sein mag.«

Ich umarmte sie von hinten und versenkte meine Nase und meinen Mund in ihrer Halsbeuge. Es roch nach ihr; dem himmlischen Duft, der mich in all meinen Albträumen nie verlassen hat.

»Möchtest du dich ein bisschen auf mein Bett legen?«

Sie schüttelte den Kopf und fragte stattdessen: »Wie spät ist es?«

Ich warf einen Blick auf mein Handy. »Viertel nach drei.«

Seltsamerweise spürte ich, wie sie am ganzen Körper zitterte, obwohl ich sie in dem Moment gar nicht berührte.

»Gleich wird es dunkel«, sagte sie kaum hörbar.

»Sicher. Im Dezember wird es früh dunkel. Willst du schon nach Hause gehen? Ich glaube, es würde dir guttun, mein Schatz. Ich muss jede Menge Leute anrufen, um ihnen zu sagen, dass es mir wieder gut geht, Pläne machen und mich informieren, wie viele Gigs wir verpasst haben und wann wir sie nachholen können.«

»Möchtest du, dass ich gehe?«

»Natürlich nicht! Ich freue mich, dass du hier bist, aber du musst dich ausruhen, und ich hab jetzt jede Menge zu tun. Geh nach Hause und komm morgen wieder, so um elf. Mach dir keine Sorgen um mich, mir geht es hervorragend, und du brauchst Schlaf.«

Ich gab ihr einen aufmunternden Klaps. Ihr ängstlicher Blick, ihre weit aufgerissenen Augen beunruhigten mich.

»Nimm am besten ein Taxi. Du siehst nicht gut aus.«

Sie schüttelte den Kopf. »Ich hol erst mal meine Sachen.«

Kurz darauf kam sie mit ihrem Rucksack und dem Schlafsack zurück. Sie legte etwas auf mein Bett, und bevor ich nachsehen konnte, was es war, fragte sie mich: »Liebst du mich, Ted?«

»Aber sicher«, antwortete ich. »Mehr als mein eigenes Leben. Wieso fragst du, meine Kleine?«

»Ich wollte es nur noch einmal hören.«

Ich umarmte sie fest und sagte es ihr ins Ohr wie so viele Male zuvor. Dann küssten wir uns leidenschaftlich, und als ich schon dachte, dass wir dringend damit aufhören mussten, weil ein Krankenhauszimmer mit Fenster zum Flur wohl nicht der geeignete Ort war, um das zu tun, wonach wir uns beide sehnten, trat Barbara ein und sah uns mit verschränkten Armen zu.

»Soso … offensichtlich bist du wirklich wieder gesund«, meinte sie lächelnd. »Und du siehst auch gar nicht mehr so übel aus, nachdem du dich rasiert hast.«

Les klammerte sich an meine Hand wie ein kleines Mädchen und blickte auf ihre Schuhspitzen.

»Ist es schon dunkel draußen?«, fragte sie.

Barbara warf einen Blick auf die Uhr.

»Ich denke, ja. Es ist gleich vier Uhr, aber da ich noch bis zehn Dienst habe, ist mir das, ehrlich gesagt, ziemlich egal. Komm, Ted, du musst dieses Formular ausfüllen. Ich habe schon eingesetzt, was ich wusste. Wer ist denn auf den Gedanken gekommen, dich Theodor zu nennen?«

»Ich bin am Tag des heiligen Theodor geboren worden, am 9. November, und am selben Tag noch ins Waisenhaus gekommen. Ich weiß, dass es ein furchtbarer Name ist, deshalb nenne ich mich ja auch Ted.«

»Ich finde den Namen gar nicht furchtbar. Weißt du, was Theodor bedeutet?«

Ich schüttelte den Kopf. Noch nie war ich auf den Gedanken gekommen, dass der Name irgendeine Bedeutung haben könnte.

»›Geschenk Gottes‹ oder ›Geschenk der Götter‹.«

»Na, das hat doch was«, meinte ich ironisch, weil Barbara offensichtlich eine Reaktion erwartete, ich aber keine Lust mehr hatte, über meine Vergangenheit zu reden.

»Warum?«, bohrte Barbara nach, während Les uns beide mit abwesendem Blick anstarrte.

»Na ja, erst lässt mich meine Mutter einfach so im Stich – nachdem mein Vater sich vorher schon aus dem Staub gemacht hat –, und dann nennen die in dem blöden Waisenhaus mich ausgerechnet ›Geschenk Gottes‹! Wenn das kein schlechter Scherz ist! Das einzige Geschenk, das Gott mir in meinem ganzen Leben gemacht hat, ist Les.«

Die hob in dem Moment den Kopf, als hätte jemand sie aus dem Schlaf gerissen.

»Ich muss los«, sagte sie mit zitternder Stimme.

»Nimm ein Taxi, Liebes. Ich bezahle das. Möglicherweise kriegst du eine Grippe. Bei all der Zeit, die du hier im Krankenhaus verbracht hast, kann es gut sein, dass du dich mit irgendetwas angesteckt hast. Nimm ein Aspirin und leg dich zu Hause gleich ins Bett. Und jetzt los, meine Hübsche, gute Nacht! Und bis morgen!«

Wir umarmten uns noch einmal, aber sie war völlig geistesabwesend. Barbara ging gleichzeitig mit Les aus dem Zimmer, und ich blieb mit einem komischen Gefühl im Magen zurück, ohne zu wissen, warum. Ich fühlte mich, als stünde uns jeden Moment eine Katastrophe bevor.

Als ich mich zu meinem Bett umdrehte, fiel mir wieder ein, dass Les irgendetwas dort hingelegt hatte, ehe sie gegangen war, kurz bevor Barbara mit dem Papierkram eingetreten war, weshalb ich nicht dazu gekommen war nachzufragen, was es war und warum Les es mitgebracht hatte.

Ich trat ans Bett und fand dort einen wunderschönen neuen Tablet-PC mit einer externen Tastatur vor. Woher hatte Les ein Tablet, das mindestens tausend Euro gekostet haben musste? Und warum hatte sie es auf meinem Bett zurückgelassen? Mit zitternden Händen öffnete ich den Computer. Darin lag eine Nachricht, die auf eine aus einem Schulheft gerissene Seite geschrieben worden war:

Ich liebe dich mehr als mein eigenes Leben, Ted. Vergiss das nie! Was auch passiert, vergiss es nie! Leb wohl, mein Liebster. Les.

Ich erstarrte. Von einem Moment auf den anderen schien das Blut, das warm durch meine Adern floss, zu Eis zu gefrieren.

Was sollte das bedeuten? Wohin war Les gegangen? Was war geschehen?

Ich verließ das Zimmer und versuchte, mich zu orientieren, um ein Fenster zu finden, von dem aus ich den Ausgang des Krankenhauses sehen konnte. Les war noch nicht lange weg; vielleicht konnte ich sie von oben irgendwo ausmachen, sehen, wohin sie ging und mit wem. Vor allem mit wem.

Ich entdeckte einen Balkon vor dem Warteraum und trat im Bademantel und in Pantoffeln in den dunklen Dezembernachmittag hinaus, ohne die Kälte zu spüren.

Unten auf dem Parkplatz gab Les gerade ihren Rucksack und den Schlafsack einem jungen Mann, der beides in einem schwarzen Lieferwagen verstaute.

Während er die Türen hinten an der Ladefläche schloss, beugte sie sich vornüber und stützte sich mit den Händen auf den Knien ab, als wäre ihr schwindelig oder als müsste sie sich übergeben. Er half ihr, sich wieder aufzurichten, und umarmte sie bestimmt eine Minute lang. Dann hielt er ihr die Beifahrertür auf, ging um den Wagen herum, setzte sich ans Steuer und fuhr vom Parkplatz.

Als er an der Ausfahrt unter einer Straßenlaterne noch einmal anhielt, konnte ich die Aufschrift auf dem Lieferwagen lesen.

Hermes Botendienst.

Das Mädchen kauerte auf dem Sitz, als wollte es darin versinken. Es zitterte am ganzen Körper, und man sah ihm an, dass es große Angst hatte. Sie gerieten immer in Panik, wenn ihnen bewusst wurde, dass sie nun Aides' Haus betreten und nicht mehr zur Erde zurückkehren würden, dachte Hermes. Dabei ist es dort gar nicht schlimmer als in der Welt, die sie kannten; wobei genau das wahrscheinlich den Unterschied ausmacht: etwas zu kennen oder nicht zu kennen.

»Hab keine Angst, Celeste. Du wirst sehen, es ist ganz anders, als du es dir vorstellst.«

Sie begann, leise zu weinen, und presste dabei eine Hand vor den Mund, um nicht laut zu schluchzen.

»Du wirst wunderschöne Kleider haben; du wirst für ein Publikum singen, das dir danken und dich anbeten wird wie eine Halbgöttin; du wirst die beste Freundin von Koré, Aides' Frau, sein. Auch sie wurde gegen ihren Willen an diesen Ort gebracht, und dann haben sie ein Abkommen getroffen, nach dem sie einen Teil des Jahres dort und den anderen draußen verbringt.

»A-aber i-ich w-werde st-sterben«, meinte sie stotternd.

Er dachte an den Moment, als er zum ersten Mal in jene neue Welt geblickt hatte, in der er sich inzwischen so selbstverständlich bewegte: Auch er hatte Angst gehabt, so sehr, dass er kaum in der Lage gewesen war, die Augen zu öffnen und sich dem zu stellen, was ihn umgab. Damals hatte genau dieses Mädchen, das jetzt neben ihm weinte, versucht, ihm zu helfen, einfach so, ohne ihn zu kennen, aus reiner Freundlichkeit.

»Celeste«, sagte er und legte ihr beruhigend die Hand auf die Schulter. »Ich werde dir nichts erklären; es ist besser, wenn du es selbst siehst.

Aber ich verspreche dir, dass du auf mich zählen kannst, dass ich dir helfen werde, wie ich kann, und dass ich nicht zulassen werde, dass jemand dir wehtut. Schau mal. Wir sind da.«

Lessa

Ich habe keine Ahnung, wie ich es geschafft habe, aus dem Wagen zu steigen und mich auf den Beinen zu halten. Vielleicht weil ich schon immer tun musste, was man von mir erwartete. Wenn man verständnisvolle, liebende Eltern hat, kann man manchen Dingen entgehen, die einem Angst machen oder die man aus einem anderen Grund nicht tun will, aber ich hatte keine Eltern. Mir wurde nie etwas erspart, wovor ich mich fürchtete oder das mir widerstrebte.

Hermes ging um den Wagen herum, um mir die Tür zu öffnen, doch als er bei mir ankam, war ich bereits ausgestiegen und stand auf dem Kiesweg, der zum Portal dieses großen Hauses führte, mit den breiten Treppenstufen am Eingang, den steinernen Löwen und den erleuchteten Fenstern. All das erweckte bei mir irgendwie den Eindruck, an einem Ort angekommen zu sein, der anders war als alles, was ich bisher kennengelernt hatte.

Hermes nahm meine Hand, und trotz der marineblauen Mütze, die er bis zu den Augenbrauen heruntergezogen hatte, und der roten Jacke lag etwas Altertümliches und Elegantes in dieser Geste, was mich beruhigte.

Kurz darauf gingen wir auf den Eingang zu und ließen alles, was mir gehörte, alles, was während der Zeit, die ich im Krankenhaus verbracht hatte, mein Leben gewesen war, in dem Lieferwagen.

Ich warf einen Blick über meine Schulter zurück, um mich von der Welt, die ich kannte, zu verabschieden, und genau in dem Moment, als wir an die Tür klopfen wollten, tauchte wie aus dem Nichts ein Taxi auf, das über die vereiste Straße schlitterte und direkt vor uns bremste, dass der Kies aufspritzte.

»Leeesss!«, hörte ich jemanden rufen.

Es war Ted. Er war zu mir gekommen!

Aber das durfte nicht sein; er war in Gefahr! Der Herr dieses Hauses wollte ihn und nicht mich. Er war mit dem Tausch zwar einverstanden gewesen, aber wenn er ihn jetzt vor sich sehen würde …

»Was, zum Teufel, ist hier los?«, rief Ted, als er aus dem Taxi gestiegen war. Er trug die Kleidung vom Tag des Unfalls, und die Blutspritzer darauf wirkten im Licht des Mondes wie schwarze Flecken. »Was machst du? Wohin gehst du? Wer ist der Typ?« Er war bleich, und seine Lippen zitterten, aber er war wunderschön! Ich durfte nicht zulassen, dass er blieb, dass er sich in Gefahr brachte.

»Geh weg, Ted, bitte geh! Das hier ist sehr gefährlich für dich!«

»Aha. Für mich … und für dich nicht?«

Verzweifelt wandte ich mich zu Hermes um. »Erklär du es ihm bitte.«

»Ich will nicht, dass er es mir erklärt, Les, ich will es von dir hören.«

Irgendetwas am Ton seiner Stimme erschien mir lächerlich, ohne dass ich genau benennen konnte, was es war. Warum sagte Ted so einen Blödsinn in diesem Ton? Fiel ihm nicht auf, wie unpassend es war, in einem solchen Moment so dämliche Fragen zu stellen?

Da sah ich im orangefarbenen Licht, das durch die Fenster am Eingang fiel, wie Ted Hermes ansah, und auf einmal verstand ich.

Beinahe hätte ich laut gelacht. Ted war eifersüchtig! Ted dachte, dass ich ihn wegen Hermes verlassen wollte!

»Barbara hat gesagt, dass er ein paar Mal bei dir im Krankenhaus war, dass er dir das Tablet geschenkt hat.«

Ich schüttelte den Kopf; wie sollte ich Ted nur davon überzeugen, dass er völlig auf dem Holzweg war?

»Und damit du es weißt …«, seine Stimme wurde schärfer, da er nun richtig wütend wurde, »falls du es nicht wissen solltest, es war er, der mich mit genau diesem Lieferwagen angefahren hat! Er muss dich wirklich sehr lieben, schon seit Langem, wenn er bereit ist, mich zu töten, um mit dir zusammen zu sein. Ich gehe mal davon aus, dass du davon keine Ahnung hattest. Oder doch? Wusstet du vielleicht sogar, dass er mich aus dem Weg räumen wollte, und es war dir egal?«

Noch nie hatte mich Ted derart hasserfüllt angesehen. Ich hatte ihn schon wütend erlebt, wegen Dingen, die mit dem Waisenhaus zu tun hatten, oder wegen irgendeiner Ungerechtigkeit, der er machtlos gegenüberstand, aber noch nie wütend auf mich. Es war, als wäre er plötzlich ein anderer Mensch, jemand, der in der Lage war, mich anzugreifen, mir wehzutun, der ein Feind sein konnte.

»Wie kannst du nur so etwas sagen, nach allem, was ich für dich getan habe?«, schrie ich ihn an.

»Du? Für mich? Was denn? Dass du im Krankenhaus ausgeharrt hast, um dich davon zu überzeugen, dass ich auch wirklich sterbe? Um sicher zu sein, dass du endlich mit diesem Muttersöhnchen zu seiner Villa abhauen kannst?«

»Um mit ihm zu gehen, wäre es nicht nötig gewesen, dich zu belügen. Wenn all das, was du sagst, stimmen würde, wäre ich einfach gegangen und fertig!«

»Du hast dich in ihn verliebt, stimmt's? Während ich im Koma lag, hat er dich besucht, dir Geschenke gebracht und … natürlich … früher oder später … Er kann dir Dinge geben, die ich nicht habe.«

»Geh endlich, Ted! Bitte, geh! Mach es mir nicht noch schwerer!«

»Schwerer?« Sein Ton war so verletzend, dass es mir körperlich wehtat. »Ich mache es dir schwer? Wie kannst du nur so grausam sein? Ich hätte in diesem Krankenhausbett sterben sollen. Das wäre zumindest ein glücklicher Tod gewesen.«

Er drehte sich auf dem Absatz um, steckte die Hände in die Taschen seiner Jacke, zuckte mit den Schultern und ging auf das große schmiedeeiserne Tor am Ende des Gartens zu.

»Ted!«, schrie ich verzweifelt. Hermes hielt mich am Arm zurück und verhinderte so, dass ich ihm nachlief. »Bitte, hör mir zu! Weißt du, warum du wieder gesund bist? Weißt du, warum du lebst? Weißt du, warum?« Ich schrie, so laut ich konnte, um sicher zu sein, dass er hörte, was ich sagte: »Weil ich einen Pakt geschlossen habe, um dich zu retten! Mein Leben für dein Leben! Hörst du mich, du Idiot? Mein Leben für deins!«

In diesem Moment geschahen zwei Dinge gleichzeitig. Ted drehte sich zu uns um, mit einem überraschten Gesichtsausdruck, der in einer anderen Situation komisch gewesen wäre, und im selben Augenblick öffnete sich die Eingangstür, wobei dem Haus ein Schwall warmer Luft und die Melodie eines Klavierstücks entströmte.

Im Türrahmen zeichnete sich im Gegenlicht die Gestalt des Hausherrn ab. Hermes befahl mir, mich zu ihm umzudrehen und mich von Ted abzuwenden.

Ted

Ich fühlte mich, als wäre ich, ohne es zu merken, auf einen unendlich hohen Berg gebracht worden, im Dunkeln, ohne die Abgründe sehen zu können, in die ich völlig unvorbereitet hinunterstürzen würde.

Ich war sofort aus dem Krankenhaus gerannt, nachdem ich nur ein paar Sekunden lang mit Barbara geredet hatte. In diesen wenigen Sekunden hatte ich das Wichtigste verstanden: Dieser Typ mit dem Lieferwagen musste ein Psychopath sein, der zuerst versucht hatte, mich zu töten, und sich dann an meine Freundin herangemacht hatte, ihre Schwäche ausgenutzt hatte, die verzweifelte Lage, in der sie sich befand, um sie zu trösten und seine Hilfe anzubieten. Und Les war so dumm gewesen, sich einwickeln zu lassen. Er stammte aus einer reichen Familie, und weil ich nun wieder gesund war, brauchte sie kein schlechtes Gewissen zu haben, wenn sie mich verließ.

Es war furchtbar, aber irgendwie schien es logisch. Später wurde mir bewusst, dass die Geschichte, die ich mir da zusammengereimt hatte, überhaupt nicht zu Les passte, aber da war es bereits zu spät; da war ich bereits so wütend, dass ich hätte töten können.

Ich hatte mir die Kleidung angezogen, die ich am Tag des Unfalls getragen hatte, da ich im Schrank nichts anderes fand. Offenbar hatte sich niemand die Mühe gemacht, mir saubere Wäsche zu bringen, da wohl alle davon überzeugt gewesen waren, dass ich das Krankenhaus nicht mehr lebend verlassen würde. Ich hatte am Ausgang ein Taxi genommen und war dem Lieferwagen gefolgt, ständig in der Angst, ihn zu verlieren, weil er mindestens drei Minuten Vorsprung hatte. Der Verkehr in der Vorweihnachtszeit war so chaotisch, dass ich gerade noch rechtzeitig an dem Haus ankam, bevor die beiden eintreten konnten. Les und ich stritten uns, ehe sie mir schließlich die Tür vor der Nase zuknallten.

Doch jetzt, nach der schlimmsten Auseinandersetzung, die ich mit Les je hatte, nachdem ich beschlossen hatte, für immer zu gehen, waren da ihre unglaublichen, unverständlichen, unvorstellbaren Worte: »Mein Leben für dein Leben.«

Was wollte sie damit sagen? Was sollte das bedeuten?

Ich drehte mich zu dem Haus um, das im Mondschein leuchtete wie ein bleicher Totenkopf. Zu dem Haus, aus dem die leicht dissonante Musik drang, aus der nur ich harmonische Klänge machen konnte. Zu dem Haus, das mich gerufen hatte.

Ich weiß nicht, was es war oder weshalb ich es wusste, aber im selben Moment begriff ich, dass die Erklärung, die ich mir zusammengereimt hatte – dass Les sich in diesen Millionärssohn verliebt und beschlossen hatte, mich zu verlassen –, nicht stimmte, nicht der Wahrheit entsprach.

An diesem verschneiten Garten war irgendetwas falsch. Es war wie in einem Theaterstück, als wären das Haus, die Lichter und sogar die Bäume nichts als eine Kulisse, die die Realität verfälschte, als würde sich darunter oder dahinter oder irgendwo in der Nähe eine andere, kaum wahrnehmbare, aber erreichbare Welt verbergen, in die man nur gelangte, wenn ihre Hüter es zuließen.

Les musste es genauso gehen wie mir. Ich fühlte, dass sie nicht glücklich war; ich hatte es schon im Krankenhaus gespürt, als ich gesund aufgewacht war, voller Energie und Zukunftspläne, und Les so traurig gewesen war, so verängstigt wie noch nie. Sie hatte sich nicht in einen anderen verliebt, sie hatte nicht entschieden, mich des Geldes wegen zu verlassen.

Wie hatte ich nur einen Moment glauben können – so logisch es auch erschien –, dass Les in der Lage wäre, mich derart zu hintergehen und mich ohne eine Erklärung einfach so zu verlassen?

Noch einmal öffnete sich die Tür. Ein breites Rechteck aus gelblichem Licht erstreckte sich bis zu mir, leckte mir die Füße, während sich im Gegenlicht wie in einem Schattentheater die Silhouetten dreier Gestalten abzeichneten. Die von Les, des Fahrers des Lieferwagens und eines Mannes mit breiten Schultern und einem löwenartigen Kopf, der mir vage bekannt vorkam.

Eine Sekunde später sah ich, ohne dass ich etwas dagegen tun konnte, wie Les in einer Abschiedsgeste die Hand hob und sich gleich darauf die Tür wieder schloss.

Ich heulte auf wie ein verwundeter Wolf, doch der eisige Wind trug meine Schreie lediglich zu den Bäumen hinauf, die, dunkel und gespenstisch wankend, hinter dem Haus aufragten.

IV

Sie hatte Aides gebeten, sich um die junge Frau kümmern zu dürfen, sobald sie eingetroffen wäre. Sie erinnerte sich noch gut an ihre eigene Panik, als sie – vor langer Zeit – entführt und von der Ebene von Nysa, wo sie mit ihren Freundinnen Blumen gepflückt hatte, hierhergebracht worden war. Und auch wenn Celeste aus freiem Willen mitkam, tat sie ihr leid, wenn sie an das Opfer dachte, das sie brachte, indem sie ihr Leben für das ihres Geliebten gab.

Als Aides die Eingangstür öffnete, erwartete Koré das Mädchen bereits auf der Freitreppe. Sie hatte sich ein schlichtes Abendkleid angezogen, um Celeste gleich in die Gepflogenheiten des Hauses einzuführen, und die Gäste um Zurückhaltung gebeten, sodass sie nicht gleich alle in die Eingangshalle gekommen waren, um den Neuankömmling willkommen zu heißen. Sie nahm die junge Frau an die Hand und führte sie von Aides und Hermes fort, hinauf in das große in Weiß und Gold gehaltene Schlafzimmer im ersten Stock.

Auf dem Bett hatte sie ein veilchenblaues Kleid ausgebreitet, eine Farbe, die Celestes Augen in einem goldenen Braunton erstrahlen lassen würde.

»Hab keine Angst, meine Liebe. Ich werde dich vor allem beschützen, wobei dir hier nichts und niemand etwas Böses will. Mein Name ist Koré. Ich bin die Ehefrau von Aides Adamastos, deinem Gastgeber.«

»Ist das der Mann, der zu Ted ins Krankenhaus gekommen ist?«

»Ja. Und er hat euch vor ein paar Wochen an einem Ort namens Averno *musizieren gehört.«*

»Seid ihr Griechen?«

»Vom Ursprung her ja.«

»Wer seid ihr, Koré?«

Sie seufzte, nahm das Kleid vom Bett und hielt es Lessa hin. »Probier das mal an, Süße; ich hoffe, es passt dir. Wir reden später. Jetzt warten sie unten auf uns.«

»Was wollen sie von mir? Bitte sag es!« Dem Mädchen standen Tränen in den Augen, und es drückte das Kleid an seine Brust, als wäre es ein Schutzschild, der es vor allem Übel bewahren könnte.

»Aides möchte dich hier bei uns haben, er will deine Jugend, deine Schönheit, deine Stimme; er will, dass du für ihn singst, für uns; wahrscheinlich möchte er sogar, dass du zur Familie gehörst oder ihm Gesellschaft leistest, wenn ich nicht da bin.«

»Du gehst weg?« Große Angst schwang in der Stimme des Mädchens mit.

»Keine Sorge, meine Kleine, vorerst noch nicht. Ich werde noch lange Zeit hier bei dir sein.«

»Sind hier viele Leute?«

Koré hatte sich auf das Bett gesetzt und strich mit der Hand über die Tagesdecke, wie um sie zu glätten, was vollkommen unnötig war.

»Ja. Eine Menge … Besucher … Gäste. Im Moment sind es nicht ganz so viele, aber es werden immer mehr. So ist es immer.«

»Sind sie … tot?«, fragte Lessa mit großen Augen leise.

Koré warf den Kopf zurück und lachte melodisch.

»Ja, meine Liebe, aber das ist völlig unwichtig, wie du sehen wirst.«

»Und sie selbst? Wissen sie es?«

»Sie wussten es, aber sie haben es vergessen. Sie erinnern sich nicht mehr an die andere Welt. Sie denken, dass dies die einzig mögliche Existenz ist.«

»Dann … sind sie glücklich?«

Koré stand auf.

»Warst du in deinem anderen Leben immer glücklich, Celeste? Nein, oder? Niemand ist immer glücklich; auch hier nicht.«

In dem Moment klopfte es an der Tür, und zwei junge Frauen traten ein, die vor Koré eine Art Hofknicks machten, als wäre sie eine Königin.

»Sie werden dir helfen, dich zurechtzumachen. Komm runter, wenn du fertig bist.«

»Koré!«, rief Lessa, als die Frau bereits an der Tür war. »Werde ich Ted noch einmal wiedersehen?«

Die Frau lächelte traurig.

»Das wird wohl nicht möglich sein, fürchte ich. Aber wenn es zu sehr wehtut, sag es mir. Dann gebe ich dir etwas, das es dich vergessen lässt.«

Sie schloss leise die Tür hinter sich und ließ Lessa mit den beiden unbekannten Frauen allein.

Ted

Als Les in dem Haus verschwunden war, gingen plötzlich alle Lichter aus, und die Musik, die einen Moment zuvor noch im Garten zu hören gewesen war, verstummte.

Ich rannte zum Eingang hinüber, rief laut nach ihr und hämmerte mit dem Türklopfer und den Fäusten an die Tür, was einen Lärm machte, der Tote hätte wecken können, doch nichts geschah. Nach einer Weile sah ich ein, dass es keinen Sinn hatte, und ließ die Arme sinken. Niemand würde mir öffnen, nicht nur, weil sie es nicht wollten, sondern weil – auch wenn es keinen Sinn hatte, auch wenn es vollkommen unmöglich war – niemand mehr da war. Ich wusste es mit absoluter Sicherheit.

Ich spürte, dass dieses Haus leer war, als ob es sich in eine bloße Hülle verwandelt hätte, in ein buntes, hohles Bühnenbild. Als wäre es nur das Tor zu einem anderen Ort, zu einem Labyrinth, das sich jenseits meiner Vorstellungskraft und für mich außer Reichweite befand.

Dennoch ging ich um das ganze Gebäude herum und suchte nach einer Möglichkeit, durch ein Fenster hineinzugelangen, das nicht richtig geschlossen war oder klein genug, um unauffällig die Scheibe einschlagen zu können. Ich musste mich davon überzeugen, dass das Haus tatsächlich leer war.

Leider fand ich nichts dergleichen. Alles war fest verschlossen und lag im Dunkeln; drinnen war nicht die geringste Bewegung auszumachen, kein Flüstern oder das Ticken einer Uhr zu hören, nicht das kleinste Leuchten eines Stand-by-Lichts zu sehen.

Der Wind heulte zwischen den hohen Nadelbäumen im Garten und riss an den kahlen Zweigen der Buchen und Kastanienbäume, die heftig aneinanderstießen, als wäre ich ein toter Clown, dem ein Publikum aus Skeletten lachend applaudierte. Ein Schauer durchlief mich.

Ich kehrte an die Vorderseite des Hauses zurück und starrte hilflos auf die Fassade, in dem Versuch zu verstehen, was geschehen war, was hier vor sich ging.

Der Lieferwagen stand noch immer verlassen vor den Verandastufen. Ich zog an den Türen der Ladefläche, die sich widerstandslos öffnen ließen. Lessas Rucksack und der Schlafsack waren noch dort.

Anschließend ging ich um den Wagen herum und blickte auf der Fahrerseite ins Führerhaus. Der Zündschlüssel steckte. Ich hatte keinen Führerschein, weil ich ihn nicht bezahlen konnte und die Leitung des Waisenhauses noch überlegte, ob sie mir die Fahrschule finanzieren sollte, wenn ich mich verpflichtete, ihnen anschließend für ein Jahr als Fahrer zur Verfügung zu stehen. Aber ich konnte fahren. Thomas, der Gärtner, der kurz vor der Pensionierung stand, hatte es mir beigebracht. Wir hatten ein paar Sonntagnachmittage mit seinem uralten Auto voller Gerümpel und Werkzeug auf einem leeren Grundstück geübt.

Ich setzte mich ans Steuer des Lieferwagens. Es kam mir gar nicht in den Sinn, dass es sich um einen Diebstahl handelte. Es war der Wagen, mit dem dieser Typ mich beinahe totgefahren hätte und in dem kurz zuvor meine Freundin entführt worden war, weshalb ich mich kein bisschen schämte, ihn mitzunehmen. Es war mein gutes Recht. Außerdem würde ich auf direktem Weg zur Polizei fahren; ich konnte dort erklären, dass es keine andere Möglichkeit gegeben hatte, einigermaßen schnell von hier wegzukommen.

Ich startete den Wagen und fuhr vorsichtig auf dem Kiesweg an, um mich an das Fahrzeug zu gewöhnen, das wesentlich größer war als das von Thomas. Nach einer Weile war ich sicher, dass ich zurechtkommen würde, und als ich in die einsame baumbestandene Straße einbog, die an schicken Landhäusern und beeindruckenden Villen mit großen Gärten entlangführte, fuhr ich bereits mit normaler Geschwindigkeit.

Erst in dem Moment wurde mir mit einem Blick auf meine Beine klar, wie ich aussah: Meine Kleidung war zerrissen und voller dunkler Blutflecken. Ich hielt am Bordstein an und betrachtete mich im Rückspiegel. Zwar hatte ich im Krankenhaus glücklicherweise noch geduscht und mich rasiert, doch ich hatte eine leicht grünliche Gesichtsfarbe und meine Augen waren unnatürlich weit aufgerissen.

Wenn ich in diesem Zustand bei der Polizei eintraf, würden sie denken, dass ich vollkommen unter Drogen stand, und es würde ewig dauern, bis sie verstanden, dass sie zu diesem Haus fahren mussten, um herauszufinden, wer Les mitgenommen hatte und warum. Zum Glück war sie noch minderjährig, und wenn Claudia sie als vermisst melden würde, müssten sie es ernst nehmen und nach ihr suchen. Daher war es wohl das Beste, zuerst zum Waisenhaus zu fahren, Claudia alles zu erzählen und gemeinsam zu überlegen, was zu tun war.

Während ich mich den Randbezirken Wiens näherte, wo der Verkehr immer dichter und zäher wurde – anscheinend hatten sich alle Leute gleichzeitig vorgenommen, zu den großen Einkaufszentren außerhalb der Stadt zu fahren –, gingen mir Lessas letzte Worte nicht aus dem Kopf: »Mein Leben für dein Leben.« Was wollte sie damit sagen? Hatte sie wirklich eine Art Handel abgeschlossen, um mich zu retten? Aber mit wem? Mit dem Teufel, wie in irgendeiner Gruselgeschichte? Was für ein Quatsch! Den Teufel gab es nicht!

Da schien es mir schon eher plausibel, dass es um einen Fall von Frauenhandel ging, die Entführung junger Mädchen, um sie zu Prostituierten zu machen. Sie mussten irgendwie erfahren haben, dass Les eine Waise war und, weil ich im Koma lag, vollkommen schutzlos; sie hatten diesen Schönling zu ihr geschickt, um sie zu trösten, und irgendwann war es ihnen gelungen, sie aus dem Krankenhaus zu locken.

Aber sie hatte von einem Handel gesprochen, um mich zu retten. Wie sollte das möglich sein? Wenn diese Leute keine Verbrecher waren, was waren sie dann? Warum hatten sie zuerst versucht, mich zu töten, und dann Les mitgenommen? Das alles ergab keinen Sinn.

Irgendetwas in meinem Inneren veranlasste mich zu denken, nein, nicht zu denken, sondern zu spüren, dass das, was geschehen war und noch geschah, unter logischen und realistischen Gesichtspunkten nicht zu erklären war; dass ich die Möglichkeit zulassen musste, dass es nicht um ein Verbrechen, sondern um etwas Übernatürliches ging, etwas, das sich jenseits meines Weltverständnisses befand. Aber das war nicht leicht zu akzeptieren. Unter anderem, weil es mir Angst machte.

Während ich, gemeinsam mit zweihundert anderen Wienern, die unterwegs waren, um die letzten Weihnachtsgeschenke zu kaufen, an einer roten Ampel hielt, wurde mir klar, dass es trotz meines Bedürfnisses, Claudia alles zu erzählen, was passiert war und noch passierte, wenig Sinn hatte, sie jetzt um Unterstützung zu bitten. Sie war eine gute Waisenhausleiterin, die beste, die ich je hatte, aber sie war auch eine absolute Realistin, was in ihrer Position von Vorteil war, aber nicht, um mir in meiner Lage zu helfen.

Ich sah es regelrecht vor mir: mich, wie ich Claudia erklärte, was ich wusste und was ich gesehen hatte; Claudia, die sich weigerte zu glauben, dass Les etwas Derartiges gesagt hatte, und mir nicht abnahm, dass plötzlich alle Lichter in dem Haus ausgegangen waren und es völlig verlassen schien. Mich, wie ich mich nicht davon abbringen ließ, immer unruhiger wurde, bis ich, unfähig, sie zu überzeugen, anfangen würde zu schreien, mit den Fäusten auf den Tisch zu trommeln, sie wegen ihrer Sturheit zu beschimpfen.

Sie würde mir einreden, dass ich noch unter den Folgen des Unfalls litt, dass ich irgendetwas falsch verstanden hätte, dass ich vielleicht halluzinierte, dass ich ins Krankenhaus zurückkehren, mich wieder ins Bett legen und zulassen sollte, dass die Ärzte sich um mich kümmerten, bis ich wieder völlig gesund wäre.

Das Höchste, was ich erreichen konnte, wenn ich mich zusammenriss, war, dass sie mit mir zur Polizei käme, um Lessas Entführung anzuzeigen.

Allerdings würde Barbara, die Krankenschwester, sicher aussagen, dass Les freiwillig mit dem Typen mitgegangen war, dass sie sich sogar zärtlich von mir verabschiedet und mir das Tablet geschenkt hatte. Les würde in weniger als zwei Tagen volljährig sein, und wenn sie aus freien Stücken mit einem gut aussehenden jungen Mann, der in einer Luxusvilla wohnte, mitgegangen war, würde jeder Polizist daraus schließen, dass ich einfach nur rasend eifersüchtig wäre und nicht zugeben wollte, dass Lessa sich für einen anderen Mann entschieden hatte, der ihr mehr bieten konnte als ich.

Und das Schlimmste war, dass sich das verdammt logisch anhörte.

Aber ich wusste, dass es nicht stimmte.

Das Problem war nur, dass ich der Einzige war.

Lessa

Es mag seltsam klingen, doch als ich nach einer Weile frisch gebadet, geschminkt, frisiert und von den beiden Frauen, die meine Sprache nicht sprachen, angekleidet worden war, fühlte ich nichts als eine immense Müdigkeit, den ungeheuren Drang, mich in dieses wunderbare Bett zu legen und zwei oder drei Tage lang zu schlafen.

Im Spiegel sah ich eine schlanke, elegante junge Frau in einem blau-violetten Kleid vor mir, deren Haar zu einem hohen, geflochtenen Knoten aufgesteckt war und die ein festliches Make-up mit Smokey Eyes trug; ich sah aus wie eine Jazzsängerin in den Fünfzigerjahren. Seltsamerweise hatte ich keine Angst mehr; die Verzweiflung, alles verloren zu haben, am Ende meines Lebens angekommen zu sein, hatte sich gelegt.

Ich wusste nicht, was ich jetzt tun sollte; die Frauen hatten mir mit Gesten zu verstehen gegeben, dass ich hier im Zimmer warten sollte, oder zumindest hatte ich das so verstanden. Da ich fürchtete, auf der Stelle einzuschlafen, wenn ich mich in einen der Sessel setzte, ging ich zum Fenster hinüber, um auf den verschneiten Garten zu blicken, bis jemand kommen würde, um mich abzuholen.

Ich schob die schweren honigfarbenen Brokatvorhänge zur Seite und sah mich meinem eigenen Spiegelbild gegenüber, in einer schwarzen Glasscheibe, durch die man nicht hindurchsehen konnte. Wie die Fenster in Zügen oder Flugzeugen hatte auch dieses keinen Griff, um es zu öffnen. Mein Herz, das sich während des Aufenthalts im Badezimmer beruhigt hatte, begann erneut, heftig zu schlagen, sodass ich mir besorgt die Hand auf die Brust legte.

Ich war in einem wunderschönen goldenen Käfig gefangen.

Ich war eingeschlossen in einer Welt, aus der es kein Entkommen gab und die von Toten bewohnt war, die vergessen hatten, dass sie nicht mehr lebten.

Mich durchfuhr ein eisiger Schauer, und für einen Moment wurde mir aus lauter Angst schwarz vor Augen.

Doch wenn die Fenster auch undurchdringlich waren, so ließ sich zumindest die Tür öffnen, und ohne lange darüber nachzudenken, eilte ich aus dem Zimmer und lief einen langen Gang entlang, der mit unzähligen weißen Türen zu beiden Seiten wirkte wie ein Hotelflur. Ich erinnerte mich nicht, hier entlanggegangen zu sein, als ich mit Koré heraufgekommen war. Doch inzwischen misstraute ich meinem eigenen Gedächtnis, nach all den Tagen, in denen ich mich um Ted gesorgt hatte, den Nächten, in denen ich, in einer Ecke auf dem Boden liegend, kaum geschlafen hatte, in der Angst vor einer Zukunft, die ohne ihn sinnlos und leer erschien. All das hatte mich an den Rand der völligen Erschöpfung gebracht, sodass ich mich fühlte wie in einem Traum, der jederzeit zum Albtraum werden konnte, und es wunderte mich nicht, dass Dinge geschahen, die eigentlich unmöglich waren.

Ich gelangte zu einer breiten Treppe und ging nach unten. Die Klaviermusik war nun deutlicher zu hören. Jemand spielte auf melancholische Art ein Stück von Ludovico Einaudi, *Lady Labyrinth* möglicherweise.

Ich blieb in der Eingangshalle stehen und hörte zu, ohne mich dazu entschließen zu können einzutreten. Durch die halb geöffneten Schiebetüren sah ich Ausschnitte von gut gekleideten Menschen: das Knie eines Mannes im schwarzen Smoking, den Rücken einer Frau mit dünnen, gekreuzten

Strassträgern … Leute, die, wie es schien, dem Pianisten zuhörten und die ich nur von hinten sehen konnte. Sie wirkten nicht wie Tote.

Langsam näherte ich mich der Tür, bis ich in den riesigen Raum blicken konnte, der beinah die Größe eines Konzertsaales hatte und mit einem hellen Marmorboden, mehreren Kristalllüstern, Teppichen, Vorhängen, einem wunderschönen Flügel auf einem Podium und einer Harfe in einer weißen Hülle ausgestattet war. Es war unmöglich, dass sich das alles in dem Haus befand, in das ich eingetreten war; dieser Saal war viel zu groß. Es sei denn, ich wäre, ohne es zu merken, in eine Art Keller hinuntergegangen, der um einiges größer war als das Haus, das man von außen sah. Oder wir waren an einen anderen Ort außerhalb meines Vorstellungsvermögens gelangt.

Die Gäste standen oder saßen um kleine vergoldete Tische, auf denen die eleganten Sektgläser abgestellt werden konnten. Es waren Leute jeden Alters, sowohl Greise als auch Menschen, die nur wenig älter waren als ich, und alle schienen völlig fasziniert von der Musik, sodass niemand mein Eintreten bemerkte, außer Hermes, der plötzlich an meiner Seite auftauchte und mir ins Ohr flüsterte: »Du bist wunderschön, Celeste.«

Ich hatte ganz vergessen, dass Hermes versprochen hatte, bei mir zu sein und darauf zu achten, dass mir nichts geschah. Er sah sensationell aus im Smoking, zu dem er einen granatfarbenen Kummerbund, ein weißes Hemd und eine schwarze Fliege trug.

Ich lächelte ihn an und stellte mich auf die Zehenspitzen, um in sein Ohr sprechen zu können.

»Und was geschieht jetzt?«

»Du wirst singen.«

»Jetzt gleich?«, fragte ich beklommen.

Er nickte.

Ich schämte mich für meine nächste Frage, aber ich musste unbedingt die Antwort wissen; diese Unsicherheit konnte ich nicht länger ertragen.

»Wann werde ich sterben?«, murmelte ich. »Und wie?«

Er lächelte erneut, als wäre ich ein kleines Mädchen, das eine Frage stellt, deren Antwort so offensichtlich ist, dass die Unwissenheit irgendwie niedlich ist.

»Du bist bereits tot, Celeste. Und, siehst du, es ist völlig unerheblich.«

In diesem Moment brandete Applaus auf, der Pianist erhob sich, um sich beim Publikum zu bedanken, und ehe ich mich von meiner Überraschung erholen konnte, führte Hermes mich am Ellbogen zum Podium.

Ted

Ich erreichte das Waisenhaus exakt zur Zeit des Abendessens, genau wie ich es geplant hatte, um ungesehen hineingehen zu können, während alle im Speisesaal waren.

Es war nicht mal einen Monat her, dass ich zum letzten Mal hier gewesen war, doch es kam mir vor, als wären Jahre vergangen. Alles erschien mir dunkler, älter, schäbiger, als hätten die Dinge um mich herum plötzlich die Patina der Gewohnheit verloren, die sie uns lieb gewinnen ließ; es war, als sähe ich sie zum ersten Mal, wie sie wirklich waren: die splitternden Türrahmen und deren hässliche braune Farbe, die weißen Kugellampen oben an der Decke, von denen nur einige leuchteten, um Energie zu sparen, die Fliesen im Schachbrettmuster, die an eine Klinik für Geisteskranke im neunzehnten Jahrhundert denken ließen, die breiten, immer kalten Korridore, die Steintreppen mit den abgenutzten Stufen.

Dank meiner Gummisohlen gelangte ich geräuschlos hinauf, schlich mich in mein Zimmer – das, Gott sei Dank, leer war, die anderen drei Bewohner waren offensichtlich gerade beim Abendessen –, wühlte in meinem Schrank und stieg dann, mit der sauberen Kleidung und meinen Bergstiefeln im Arm, auf den Speicher hinauf, wo ich mich in unserem Versteck einschloss, ohne Licht zu machen.

Für einen Moment fühlte ich mich zu Hause, geschützt, sicher, zusammen mit Les, deren Anwesenheit überall spürbar war. Ihr Duft, all die Dinge, an denen sie hing, ihre Bücher, die Erinnerung an ihre Haut, ihre Stimme … Kurz legte ich mich auf das schmale Bett, das wir so oft geteilt hatten, und umarmte das Kissen, als wäre sie es, die ich umklammerte. Tief atmete ich ihren Geruch ein, bis mein Herzschlag sich beruhigte und meine Augen sich an das Dunkel gewöhnt hatten. Dann wechselte ich rasch die Kleidung, zog die Lederjacke und die Stiefel an, griff nach der Violine in ihrem Kasten, meiner Mütze und Lessas Schal.

Bevor ich unser Nest – vielleicht für immer – wieder verließ, steckte ich noch schnell das Wichtigste ein, das, weshalb ich eigentlich gekommen war, und schrieb Les eine Nachricht, für den Fall, dass sie zurückkommen würde und nicht wusste, wo ich war.

Ich bin unterwegs, um Dich zu suchen. Wenn Du zurückkommst, rühr Dich nicht von der Stelle. Ich liebe Dich. Ted.

Ich schloss die Tür und stellte vier oder fünf der größten Gegenstände davor, die ich unter dem Gerümpel auf dem Speicher finden konnte; gerade jetzt war es besser, wenn niemand unser Versteck entdeckte. Ich hätte die Tür mit einem Poster oder Ähnlichem gern vollständig verdeckt, doch etwas in meinem Inneren sagte mir, dass ich nicht noch mehr Zeit verlieren durfte, dass ich mich beeilen musste, wenn ich noch eine Chance haben wollte, Les zu finden.

Auf dem Weg nach unten nahm ich mehrere Stufen auf einmal, um zu vermeiden, der gesamten Truppe beim Verlassen des Speisesaals zu begegnen. Ich hatte zwar nicht den Eindruck, dass inzwischen so viel Zeit vergangen war, aber manchmal verschätzte man sich, und ich konnte nicht mit Sicherheit sagen, wann genau ich das Haus betreten hatte.

Ich wollte durch die Seitentür hinausgehen, doch als ich plötzlich Stimmen am Ende des Flurs hörte, wandte ich mich, ohne weiter darüber nachzudenken, nach rechts zum Haupteingang, in der Hoffnung, dass die Tür noch nicht abgeschlossen war. Ich konnte nicht von hier verschwinden, ohne eine letzte Sache erledigt zu haben.

Der große Eingangsbereich mit den beiden beeindruckenden Treppenaufgängen und dem glänzenden Holzgeländer, über das im Laufe der Zeit so viele Hände gestrichen waren, war menschenleer und lag im Halbdunkel. In der Mitte der Eingangshalle stand wie immer die glänzende perlmuttfarbene Marmorstatue des Apoll, des Gottes der Musik, nackt und loorbeergekrönt, mit der Leier in der Hand. Zu seinen Füßen befanden sich ein paar Töpfe mit Farnkraut.

Diese Statue war das Einzige, was mir zwei Jahre zuvor, als ich in das Waisenhaus gekommen war, sofort gefallen hatte. In dem Gebäude war früher ein Musik- und Kunstinternat für Kinder aus reichen Familien untergebracht, und deshalb prangte Apoll Helios im Eingangsbereich, während seine Musen den Fries an der Wand schmückten, darunter Euterpe, die Muse der Musik und des Gesangs, und Terpsichore, die Muse des Tanzes, meine Favoritinnen.

Seit jenem Moment, als ich dieses Haus zum ersten Mal betreten hatte und dort wohnte, war kein Tag vergangen, an dem ich nicht, zumindest für einen kurzen Augenblick, hergekommen war, um diesen Gott, der genau wie ich Musiker war, um Inspiration und seinen Schutz zu bitten.

Und jetzt freute ich mich über die Gelegenheit, mich von ihm zu verabschieden.

Langsam näherte ich mich der Götterstatue, blieb wie so oft vor ihr stehen, grüßte sie mit einem Kopfnicken, als wäre sie ein Mensch aus Fleisch und Blut: respektvoll, aber nicht unterwürfig.

»Mach, dass ich sie finde, Maestro«, flehte ich. »Mach, dass meine Musik sie findet.«

Die Stimmen kamen näher. Ich durfte keine Zeit mehr verlieren.

Mit einem weiteren Kopfnicken, diesmal auch an die schönen Göttinnen auf dem Fries gerichtet, öffnete ich einen der schweren Türflügel und trat in die eisige Dezembernacht hinaus.

Helios hob gerade eine der Tänzerinnen seines Ensembles hoch, um ihrem Tanzpartner zu erklären, was genau er in dieser Szene von ihm erwartete, als er die Ballerina plötzlich fallen ließ und herumwirbelte, als hätte ihn eine Wespe gestochen.

Ihrem Tanzpartner gelang es gerade noch, sie aufzufangen, bevor das Mädchen auf den Boden knallte, und dann starrten beide den Choreografen an, der ihnen noch immer den Rücken zuwandte, als wäre er verrückt geworden.

»Ein Krampf«, sagte er, bevor er, sich den rechten Arm reibend, in Richtung Garderobe ging. »Es tut mir leid, Leute, ein heftiger Muskelkrampf. Macht weiter, ich bin sofort zurück.«

Die zehn Tänzer sahen sich hilflos an, blickten zum Pianisten hinüber, der mit den Schultern zuckte, und begannen noch einmal von vorn.

Kaum war Helios in den Gang getreten, hörte er auf, sich den Arm zu reiben, eilte in die Garderobe, suchte im Handy die richtige Nummer und schloss sich in einer der Umkleidekabinen ein.

»Ditta?« Seine Schwester war nach dem zweiten Klingeln ans Telefon gegangen. »Ich weiß, wo er ist und was er vorhat.«

»Und sie?«

»Sie ist schon bei Aides, in seinem Haus. Er will sie dort herausholen.«

»Der arme Narr!«

Helios lächelte. »Du solltest die Macht der Musik nicht unterschätzen, Schwesterherz. Er hat seine Violine mitgenommen. Aber vielleicht braucht er meine Hilfe. Denkst du, wir sollten hingehen?«

»Natürlich!« Es entstand eine kleine Pause. Im Hintergrund waren Gespräche und Gläserklingen zu hören. »Das Problem ist nur, dass ich ...

na ja … nicht ich, die andere, die Frau, deren Leben ich gerade lebe, derzeit eine Vernissage veranstaltet, die Eröffnung einer Ausstellung, die offensichtlich sehr wichtig für sie ist. Gib mir eine halbe Stunde.«

Helios musste lachen. »Ja, meine Liebe, ich habe ein ähnliches Problem«, sagte er und dachte an die verblüfften Blicke, die seine Tänzer ihm gerade eben zugeworfen hatten. »Aber ich hätte schon große Lust, mal wieder in das Schicksal von ein paar Sterblichen einzugreifen, ganz nebenbei unserem Bruder Aides in die Parade zu fahren und dabei das Gesicht der süßen Koré zu sehen.«

»Als ich mit ihr darüber gesprochen habe, hatte ich den Eindruck, dass sie durchaus bereit wäre, Celeste zu schützen.«

»Es ist schon ein wenig seltsam, dass sie dir jetzt angeblich helfen will, nach all euren Streitereien um den schönen Adonis.«

»Das ist Schnee von gestern. Abgesehen davon glaube ich, dass auch sie ihren bedeutenden Ehemann gern ein wenig ärgern möchte. Obwohl ihre Mutter eine von uns ist, glaubt sie, dass sie selbst nicht zu den Großen zählt. Aber jetzt muss ich auflegen. In einer halben Stunde also. Treffen wir uns dort?«

»Ja, sei pünktlich!« Er beendete das Gespräch mit einem Lächeln auf den Lippen. Er hatte keine Ahnung, wie lange er in dieser Existenz verbleiben würde, aber er würde die Zeit so intensiv wie möglich nutzen.

Lessa

Als wir auf die Bühne zugingen, trat der Hausherr zu uns, der einen Anzug aus schwarzer Rohseide trug und dazu eine kobaltblaue mit bunten Blumen bestickte Weste. In den wenigen Tagen, die vergangen waren, seit ich ihn zuletzt im Krankenhaus gesehen hatte, schien er gealtert zu sein. Außerdem wirkte er größer und kräftiger, sein Kopf mächtiger, und sein Haar war länger. Und er hatte einen Bart, an den ich mich nicht erinnerte.

Er lächelte mich an und reichte mir seine riesige Hand, die mehr eine Pranke war.

»Dürfte ich dich bitten, das gleiche Lied zu singen wie im *Averno*, als ich dich zum ersten Mal gehört habe?« Ich hatte keine Ahnung, von welchem Lied er sprach, da die Gelegenheit, die er meinte, für mich nicht weiter von Bedeutung gewesen war. »*Summertime*«, erklärte er.

»*Summertime*«, flüsterte ich dem Pianisten zu, in der Hoffnung, dass er das Lied kannte und in einer Version spielen konnte, die mir lag, oder besser, dass er meinem Gesang folgen konnte. Er nickte und spielte ein paar einführende Akkorde, während ich mich innerlich auf die erste Liedzeile vorbereitete: *Summertime, and the living is easy* … Ganz im Gegensatz zu der Wirklichkeit, in der wir uns befanden …

Der Pianist war unglaublich: Er passte sich perfekt meinen Bedürfnissen an, er sah sie sogar voraus und bot mir eine musikalische Unterstützung, die mich sicher trug.

Ohne dass es mir wirklich bewusst war, gaben wir nacheinander fünf Lieder zum Besten, und als ich meine Umgebung schließlich wieder wahrnahm, war das Licht gedämmt und das Publikum sah uns mit verträumten Blicken an, wie von der Musik hypnotisiert. Es herrschte eine beinahe andächtige Stille.

Ich fühlte mich, als schwebte ich durch die warme Luft in dem Saal, die nach den Hunderten Kerzen duftete, die inzwischen überall entzündet worden waren. Es fehlte nur Ted mit seinem Saxofon, dann wäre der Moment perfekt gewesen. Doch Ted war draußen, in der Welt der Lebenden, und ich würde ihn nie mehr wiedersehen.

Aber wenn dies mein Tod war, dank dessen Ted das Krankenhaus verlassen und sein Leben weiterleben konnte, dann hatte ich die richtige Wahl getroffen, auch wenn er mich nie mehr umarmen würde.

Vielleicht konnte ich ihm über Hermes eine Nachricht zukommen lassen. Inzwischen hatte ich begriffen – so unmöglich es auch schien –, dass diese Leute, die in unser Leben getreten waren, Abbilder der Götter aus der Vergangenheit waren: Hermes, der Bote; Aides, den ich unter dem Namen Hades kannte, war der Totengott und Herrscher über die Unterwelt; Koré war dann wohl dessen Frau, die immer ein paar Monate lang in der Unterwelt leben musste, bevor sie diese dann für den Rest des Jahres verlassen durfte. Die Freude ihrer Mutter über ihre Rückkehr war jedes Mal so groß, dass sie alles erblühen und den Frühling eintreten ließ.

Möglicherweise würde all das irgendwann wieder verschwinden, so wie eine Seifenblase zerplatzte, aber in diesem Moment war es real: die elegant gekleideten Gäste, das goldene Licht der Kerzen, der Champagner in den Gläsern, die Musik, mein Herzschlag, der frenetische Applaus der Zuhörer, die enthusiastisch lächelnd aufgestanden waren.

Ich bedankte mich mehrfach, verbeugte mich vor diesem

gespentischen Publikum, und eine Sekunde lang dachte ich, dass ich nie in meinem Leben glücklicher gewesen war, auch wenn nun alles zu Ende war und ich Ted verloren hatte.

Ich wandte mich zu dem Pianisten um, um ihn mit einem Blick zu fragen, ob er zum Dank für das großzügige Publikum noch ein letztes Stück spielen wollte. Doch im selben Moment, noch bevor er die Hände in der erwartungsvollen Stille, die inzwischen eingetreten war, wieder auf die Tasten legte, war plötzlich der herzzerreißende Klang einer Violine zu hören, eine schmerzliche Melodie, die aus der Welt draußen hereindrang.

Alle Gäste drehten sich um, wandten sich, wie magnetisch angezogen, in die Richtung, aus der diese traurige Musik kam.

Die Violine weinte, schrie, verlangte mit unvorstellbarer Sehnsucht; sie war eine Quelle des Schmerzes und der Hoffnung, der eine unauslöschliche Liebe entsprang.

Es war Ted.

Ted war gekommen, um mich zu holen.

Hermes runzelte die Stirn und ging dann eilig zur Eingangstür hinüber. Koré sah mich an, als wollte sie aus meiner Reaktion schließen, wie sie am besten vorgehen sollte. Aides lächelte entzückt.

Wenn sie ihn hereinließen, könnten wir wieder zusammen sein. War es denn nicht egal, ob wir tot oder lebendig, in der Unter- oder Oberwelt waren? Das Wichtigste war doch, dass wir zusammen waren und nicht auf die Musik verzichten mussten.

»Bitte, ich möchte ihn noch einmal sehen!«, flehte ich Aides an, bevor Hermes auf die Idee kommen konnte, etwas zu tun, was nicht in meinem Sinne war. »Bitte! Ich werde immer für Sie singen, wann Sie es möchten, aber ich möchte ihn noch einmal sehen, bitte, lassen Sie ihn herein.«

»Wenn er hereinkommt, muss er bleiben«, sagte Koré streng. »Niemand, der dieses Haus betritt, kann es je wieder verlassen.«

»Dir ist es gelungen.«

»Ich bin Persephone, die Tochter der Demeter.«

»Bitte, ich bitte Sie!«, flehte ich Aides erneut an, ohne seine Frau weiter zu beachten.

Er warf mir einen nachsichtigen Blick zu. »Ich bin einverstanden. Geh hinaus auf die Veranda. Rede mit ihm. Frag ihn, ob er zu uns hereinkommen will.« Ich stieg bereits von der Bühne, als Aides hinzufügte: »Aber vorher solltest du einen Schluck Wein nehmen und etwas essen, meine Liebe. Du hast einen anstrengenden Auftritt hinter dir.«

Ein sehr junger Diener bot mir ein Glas mit Champagner und einen kleinen Teller mit Granatapfelkernen an, die glänzten und funkelten wie wertvolle Edelsteine.

Ich kann nicht sagen, dass ich wusste, was vorging. Doch ich konnte mich vage an eine Geschichte aus der Mythologie erinnern, die viele Jahre zuvor eine Lehrerin in der Schule vorgelesen hatte. Aus irgendeinem Grund war mir im Gedächtnis geblieben, dass man in der Unterwelt niemals etwas essen oder trinken sollte.

Ich ließ den Diener mit dem Tablett stehen, raffte die Schleppe meines Kleides zusammen und rannte unter den verblüfften Blicken der Gäste in Richtung Tür. Die Violine spielte noch immer, klang manchmal süß, manchmal klagend, dann wieder wütend und aufgeregt, manchmal eher dissonant, verletzend, sterbend.

Ich öffnete die beiden Flügel der Tür, und dort stand Ted, mitten im Schnee, mit geschlossenen Augen; er trug die Lederjacke, die ich ihm geschenkt hatte, und die Violine schien ein Teil seines Körpers zu sein. Die Schneeflocken färbten sein Haar und seine Schultern weiß; er war so bleich wie eine Marmorstatue, doch es war das schönste Bild, das ich je gesehen hatte.

»Teeeed!«, schrie ich.

Er öffnete die Augen und sah mich eindringlich an.

Ted

Der Klang meiner Violine war bis zu ihr vorgedrungen. Apoll hatte mir geholfen, dessen war ich mir sicher; ich hatte seine Kraft gespürt, als ich das Waisenhaus verlassen hatte, als ich durch den immer dichter fallenden Schnee gefahren war, während im Radio *Mad World* gespielt wurde, ein Lied, das für mich geschrieben worden zu sein schien und eines meiner Lieblingslieder war, bis ich Les kennenlernte und ihre Liebe alles verändert hatte.

And I find it kind of funny, I find it kind of sad / The dreams in which I'm dying are the best I've ever had.

Als ich ihre Silhouette sah, die sich im Gegenlicht in der Tür abzeichnete, rannte ich los, in der Angst, dass sich die beiden Türflügel wieder schließen könnten und ich auch diesmal draußen bleiben musste, fern von Les.

Eine Sekunde später fielen wir uns in die Arme. Ihr wunderschönes Abendkleid war nass und voller Schnee, doch das war uns egal; das Einzige, was zählte, war, dass wir wieder zusammen waren.

»Willst du reinkommen?«, flüsterte sie. »Du darfst mitkommen, aber wenn du mit mir hineingehst, wirst du sterben.«

»Das ist nicht wichtig. Du bist dort. Natürlich, will ich mit dir gehen.«

Auf der anderen Seite der Eingangshalle erschien der Mann, der mich vor meinem Unfall hatte engagieren wollen, jener Herr Averno. Er wirkte älter, und die Macht, die von ihm ausging, war einschüchternd.

»Herzlich willkommen, mein Junge! Ich freue mich, dass du uns gefunden hast. Wirst du bleiben?«

»Ja, werde ich.«

»Dann kannst du wieder gehen, Celeste. Meine Gemahlin hat mich gebeten, dir die Freiheit zu schenken, und da du in meinem Reich weder gegessen noch getrunken hast, kann ich dich ohne weitere Bedingungen gehen lassen. Vielen Dank, dass du für uns gesungen hast, du hast uns damit sehr glücklich gemacht.«

Ich fasste Les fester um die Taille.

»Bin ich denn nicht tot?«, fragte sie flüsternd.

Der Mann lächelte. »Nein. Noch nicht. Also los, kehr zurück in deine Welt, in dein Leben.«

Les schüttelte den Kopf, während ihr die Tränen über die Wangen liefen.

»Nein, nein, nein. Ich bin an seiner Stelle gekommen und will nicht gehen, wenn er bleibt ... Erinnern Sie sich? Mein Leben für sein Leben ... Sie haben es mir versprochen!«

»Er ist aus freien Stücken gekommen, Celeste, du solltest es akzeptieren«, sagte Koré mit einem erfreuten Blick auf Ted. »Wir werden uns gut um ihn kümmern, keine Sorge.«

»Ja, Liebste«, sagte ich, da ich inzwischen verstanden hatte, was vor sich ging. »Geh. Leb für uns beide. Ich bleibe.«

»Das darfst du mir nicht antun, Ted!«, schrie sie. »Ich will ohne dich nicht leben.«

»Der Tod ist mein Schicksal, Les, nicht deines. Du musst weiterleben, für uns, für uns beide!«

Wir sahen uns an. Noch nie hatte ich mich so verzweifelt gefühlt, doch ich durfte auf keinen Fall zulassen, dass sie ihr Leben verlor, wegen mir oder an meiner Stelle.

Eine kraftvolle Stimme, die in einer fremden Sprache redete, durchbrach die Spannung, die sich aufgebaut hatte.

Wir wandten uns um und sahen uns den beiden schönsten Wesen gegenüber, die wir je gesehen hatten, einem Mann und einer Frau.

So seltsam es auch scheinen mag, aber ich hatte keinen Zweifel, dass Apoll Helios in Fleisch und Blut dort vor mir stand.

An mich geschmiegt, flüsterte Les: »Das muss Aphrodite sein, die Göttin der Schönheit.«

»Und der Liebe, meine Kleine«, sagte die Frau, die völlig selbstverständlich in das Haus trat. »Schauen wir doch mal, ob wir diese verzwickte Situation irgendwie regeln können, Aides, lieber Bruder.«

Lessa

Die beiden Götter verschwanden im Inneren des Hauses, ohne uns einen weiteren Blick zuzuwerfen. Nach einer Weile, als uns bewusst wurde, dass wir allein waren und frierend in der Kälte standen, schlossen wir die Tür. Zu Teds Füßen hatte sich eine Pfütze gebildet, die wir nun hinter uns ließen, während wir Hand in Hand in den großen Saal traten.

Dieser war leer. Die vielen Gäste waren mysteriöserweise verschwunden.

Wir gingen zwischen den Tischen hindurch, auf denen noch immer die Kerzen brannten, wobei die meisten, im eigenen Wachs erstickend, gerade knisternd verlöschten. Es herrschte absolute Stille. Nur das Klappern meiner Absätze auf dem Boden war zu hören und verhallte irgendwo zwischen den Wänden und der hohen Decke. Es wurde allmählich immer dunkler, und die Welt, die uns umgab, schien zu zittern wie eine Lichtspiegelung auf dem Wasser eines Sees.

Wie in einem geheimen Einverständnis betraten wir die Bühne, setzten uns ans Klavier und sahen uns an. Ted legte die Violine neben sich auf den Boden, ließ meine Hand los und spielte ein paar Tonfolgen.

»Was für ein wunderbares Instrument, was für ein Klang«, sagte er leise. Dann wandte er sich mir mit einem eigenartigen Gesichtsausdruck zu, blickte kurz über seine Schulter zurück, wie um sich zu versichern, dass uns niemand unterbrechen würde, und sah mir in die Augen.

»Das sollte dein Weihnachts- und Geburtstagsgeschenk sein. Ich wollte es dir eigentlich bei einer anderen Gelegenheit geben, aber so ist es auch schön. Außerdem ist es so origineller: im Reich des Hades.«

Er griff in die Innentasche seiner Lederjacke und zog eine bereits geöffnete kleine Schachtel hervor. Darin war ein sehr schlichter Ring; ein einfacher Goldreif glänzte leicht im orangefarbenen Licht der Kerzen, das immer schwächer wurde.

»Im Moment ist es zu dunkel, dass du es lesen kannst«, sagte er sehr leise in mein Ohr. »Innen ist etwas eingraviert.«

»Sag es mir«, flüsterte ich.

»Les und Ted. Für immer.«

Er steckte mir den Ring an, und wir küssten uns, während um uns herum die Flammen der Kerzen zitternd erstarben und die Schatten länger wurden.

»Und jetzt noch ein Geschenk.«

»Noch eins?«

Er senkte die Hände auf die Tastatur und spielte eine Melodie, bei deren ersten Takten ich sofort wusste, dass sie für mich komponiert worden war, für uns, dass wir beide darin zu Musik geworden waren. Einige Motive daraus hatte Ted bereits auf der Violine gespielt, draußen im Garten, als er frierend darauf gehofft hatte, eingelassen zu werden, andere Sequenzen waren neu. Diese Musik war wie ein unendlicher tiefblauer Ozean, auf dem ein paar weiche, wohlgeformte Wellen entstanden, die in einer vielversprechenden Zukunft wachsen und anschwellen würden, um irgendwann zu brechen und zu zerfließen, verrückt vor Freude, überschäumend und in allen Farben schillernd, an einem einsamen weißen Sandstrand, in einer Welt, in der es am nächtlichen Himmel mehrere Monde und Tausende Sterne gab.

Ich weiß nicht, wie lange es dauerte; es war eine Zeit, die mit einer Uhr nicht zu messen war.

Als der Klang des letzten Tons sich in der Stille verlor, sah

Ted mir wieder in die Augen und sagte: »Es heißt *Celeste, die Frau, die vom Himmel kam.* Wenn ich mehr Zeit gehabt hätte, hätte ich für dich ein ganzes Konzert komponiert.«

Ohne den Blick von meinem abzuwenden, schob er die Ärmel seiner Jacke hoch, wir fassten uns an den Händen und unsere Tätowierungen berührten sich.

In dem Moment traten sie ein.

Es war ein schönes Bild, wie eine Zeichnung in einem Fantasyroman: der riesige Saal mit dem hellen Marmorboden, der vom Licht weniger Kerzen erhellt wurde, die nur noch flackerten und jeden Moment verlöschen würden; die langen Schatten an der Decke; das gelegentliche Funkeln einer der Kristalltränen an den Kronleuchtern; das junge Paar, das am Klavier saß, mit ausgebreiteten Armen und ineinander verschlungenen Händen, als vollzögen sie ein uns unbekanntes Ritual.

Es tat weh, daran zu denken, dass sie sich würden trennen müssen, dass einer von ihnen hierbleiben musste oder dass sie den einzigen Alternativvorschlag akzeptierten, auf den wir Geschwister uns hatten einigen können und durch den keiner von uns in seinem Stolz verletzt würde.

Wie so oft kam mir in den Sinn, dass es genau das war, was uns immer wieder zum Verhängnis geworden war: der Stolz, die Hybris, *diese verdammte Besessenheit, uns in die Angelegenheiten anderer Kreaturen einzumischen und ihnen Leid zuzufügen, um unsere Machtgelüste zu befriedigen.*

Ditta und Helios hatten mehrere Auswege vorgeschlagen, aber weder Aides noch Koré waren bereit gewesen, sie zu akzeptieren. Und im Gegenzug hatten Helios und Ditta vehement abgelehnt, was Aides und Koré möglich schien. Ich, der Bote, der fünfte, der nicht offen Partei ergriffen hatte, war am Ende das Zünglein an der Waage. Mir war bewusst, dass meine Lösung nicht die beste war, doch war sie in jedem Fall besser als das, was die anderen vorgeschlagen hatten.

Ich ging zu den beiden jungen Leuten hinüber, die eng umschlungen auf dem Klavierhocker saßen und mich ängstlich anstarrten. Meine vier Geschwister gingen feierlich ein paar Schritte hinter mir.

Ich hatte den Eindruck, dass ich uns in diesem Moment so sah, wie die beiden jungen Menschen uns wahrscheinlich sahen: schön, distanziert, grausam, unendlich mächtig.

Leider muss ich zugeben, dass es mir gefiel.

Das Paar stand auf, als ich bei ihm ankam, hielt sich an den Händen und starrte mich an.

»Wir können euch zwei Möglichkeiten anbieten«, sagte ich. »Entweder bleibt einer von euch für immer hier und der andere kehrt allein zurück … « Sie blickten sich ängstlich an. »Oder ihr kehrt beide zurück … « Ich sah den Triumph in ihren Augen aufblitzen und fügte eilig hinzu: »Aber erst, nachdem ihr beide aus dem Kelch getrunken habt, den Aides euch anbieten wird.«

Von rechts und von links näherte sich jeweils ein Junge mit einem goldenen Kelch in der Hand.

»Darin ist Nepente«, erklärte ich ihnen. »Der Trank des Vergessens. Wenn ihr einverstanden seid, bringe ich euch zurück in eure Welt, nachdem ihr davon getrunken habt. Allerdings werdet ihr dann alles vergessen haben.«

»Meinst du, alles, was hier geschehen ist?«, fragte der Junge. »Dieses Haus? Euch? Den Unfall?«

Langsam schüttelte ich den Kopf. »Das auch, aber nicht nur. Ihr werdet auch einander vergessen.«

Sie sahen sich entsetzt und ungläubig an und blickten dann wieder zu mir.

»Das ist unmöglich«, sagte sie.

»Es ist möglich, Celeste, glaub mir. Wir haben das im Laufe der Geschichte schon Hunderte Male gemacht. Wir sorgen auch dafür, dass die Leute, mit denen ihr Kontakt habt, es vergessen. Niemand wird sich daran erinnern, dass ihr einmal ein Paar wart. Niemand wird leiden. Am wenigsten ihr selbst. Ihr werdet euch sehen, euch grüßen, und jeder wird seinen Weg gehen, ohne Schmerzen sein eigenes Leben führen. Nichts wird euch im Gedächtnis bleiben. Irgendwann werdet ihr wieder jemanden lieben, einen anderen Menschen, der euch glücklich machen wird.«

»Nein«, sagte er, ohne Celeste zu fragen. »Ich will niemand anderen,

weder jetzt noch irgendwann. Ich bleibe, und sie geht. Ich bin lieber hier, als wieder ein Leben zu führen, wie es vor ihr war.«

Ich merkte, dass in Teds Gehirn ein seltsames Lied spielte: traurig, sich immer wiederholend, beunruhigend. Ich verstand ein paar Sätze, auch wenn sie in einer anderen Sprache erklangen: Hide my head, I wanna drown my sorrow / No tomorrow, no tomorrow … Went to school and I was very nervous / No one knew me, no one knew me …

Ich blickte in sein Bewusstsein und sah, wie sein Leben gewesen war. Allmählich verstand ich, dass er in dieses Leben nicht zurückkehren wollte, in dem er so einsam gewesen war, dass er sich manchmal gefühlt hatte, als wäre er unsichtbar, und seine Wut auf die Ungerechtigkeit, die er erfahren musste, so groß, dass er die ganze Welt hasste und zerstören wollte. Nur die Musik hatte ihm ein wenig Frieden verschafft. Und später Celeste.

Er war kurz davor gewesen, eine kriminelle Laufbahn einzuschlagen, einer der Diebe zu werden, deren Schutzpatron ich bin. Doch als er Celeste kennengelernt hatte, hatte er beschlossen, sich von Grund auf zu ändern, um ihr etwas bieten zu können. Er hatte hart an sich gearbeitet, sich extrem gebessert und sich eine männliche Rolle zugelegt, die es ihm ermöglichte, ihrer würdig zu sein, ihre Liebe zu verdienen; es lag etwas Magisches in seinem Verhalten. Ich betrachtete ihn mit neuem Respekt.

»Nein«, widersprach sie herausfordernd. Für einen einfachen Menschen sah sie bezaubernd aus mit dem hochgesteckten Haar, dem violetten Kleid und dem kühnen Blick in ihren funkelnden Augen; sie wirkte wie eine Göttin. »Ich habe mich zuerst dazu verpflichtet. Der Handel gilt: Ted wird gerettet und geht; ich bleibe.«

Obwohl seine Musik ihn eher unter den Schutz von Helios stellte als unter meinen, hatte ich das Gefühl, dass der Junge mir ähnlich war. Deshalb beschloss ich – auf die Gefahr hin, den Zorn meiner Geschwister zu erregen –, etwas zu sagen, was der Junge, wenn er so intelligent und schlau war, wie ich dachte, vielleicht zu seinem Vorteil nutzen konnte.

»Die Beständigkeit ist im Reich des Hades unendlich, genau wie das Vergessen. Draußen jedoch ist nichts von ewiger Dauer.«

Unsere Blicke begegneten sich nur für eine Sekunde; sein Gesichtsausdruck änderte sich nicht. Ich konnte nicht erkennen, ob er meine Botschaft verstanden hatte oder ob er seine Entscheidung unabhängig davon traf. Er griff nach dem Kelch und trank ihn in einem Zug aus.

Sie stieß einen Schrei aus und schlug eine Hand vor den Mund.

Bevor das Gift seine Wirkung tun konnte, nutzte er die Zeit, um ihr in die Augen zu sehen und zu sagen: »Trink, Les. Tu es für mich. Vergiss nicht: Du und ich. Für immer.«

Da streckte auch sie, ohne den Blick von Ted abzuwenden und mit Tränen in den Augen, die Hand nach dem Kelch aus und leerte ihn.

Epilog

Als sie auf dem Speicher ankamen, waren sie außer Atem, da sie vom ersten Stock aus eilig heraufgelaufen waren. Sie brauchten noch mehr Klappstühle, um für all die Besucher des Abschlusskonzerts eine Sitzgelegenheit zu schaffen, und das möglichst schnell, sodass sie sofort hinüber zur rechten Wand stürzten, wo sie die aufgestapelten Metallstühle entdeckt hatten, und sich so viele, wie sie tragen konnten, an die Unterarme hängten.

Sie sahen sich vergnügt an, und er näherte seine Lippen den ihren, um sie zu küssen. Nervös blickte sie Richtung Tür.

»Dafür ist keine Zeit, Süßer. Sie warten unten auf uns und schicken garantiert gleich jemanden nach.«

»Es ist nur … endlich sind wir mal allein …«

Sie küssten sich ein paar Sekunden lang, wobei sie die Stühle, die sie sich aufgeladen hatten, an ihre Beine und die Hüften lehnten.

»Wenn es nur schon so weit wäre, dass ich hier fortgehen und endlich anfangen kann zu leben«, sagte er. »Ich kann es nicht erwarten, mir irgendeinen Job zu suchen, zu studieren und mit dir irgendwo zusammenzuleben …«

»Es ist ja nicht mehr lange. Am Sonntag bekommen wir die Abschlusszeugnisse, dann noch zwei Wochen Camping …«

»Wieder mit allen gemeinsam …«, unterbrach er sie.

»Ja, aber danach … sind wir frei! Und zusammen. Wie wir es uns gewünscht haben.«

»Stell dir vor, wir hätten hier oben ein Zimmer gehabt,

nur für uns beide!«, sagte er mit verträumtem Gesichtsausdruck, während er den Blick über die riesige Fläche des Speichers schweifen ließ. »Der Dachboden wird so wenig genutzt, und hier ist so viel Platz …!«

»Dafür ist es jetzt zu spät. Das Schuljahr ist fast zu Ende, und wir haben die Matura in der Tasche. Was soll's! Wenn wir längst nicht mehr hier sind, kommt ein anderes Paar vielleicht früher auf die Idee und richtet sich hier ein Liebesnest ein, ohne dass sonst jemand davon weiß. Los jetzt! Bringen wir die Stühle runter.« Sie beugte sich noch einmal vor und küsste ihn. »Noch ein paar Tage, und unsere Zukunft beginnt.«

Sie hatten die Tür des Speichers noch nicht hinter sich geschlossen, als sie von unten schon hörten, dass sie gerufen wurden. In gespielter Verzweiflung wechselten sie einen Blick.

»Juliaa! Tobyy! Wann kommt ihr mit den Stühlen?«

»Sie können eben ohne uns nicht leben«, meinte er.

»Na ja, ab August wird ihnen nichts anderes übrig bleiben.«

Sie lächelten sich an und gingen, voll beladen, mühsam die steinerne Treppe des Waisenhauses hinunter, das sie bald verlassen würden.

Epilog II

Ted wich den Menschentrauben aus, die sich um die hohen Tische im ersten Stock des Opernhauses gebildet hatten, und bemühte sich, den Sekt in den beiden Gläsern, die er in den Händen hielt, nicht zu verschütten.

Am Fenster, den Blick auf den Verkehr in der Kärntner Straße gerichtet, erwartete ihn Margot in einem eleganten cremeweißen Kleid und einem Schal aus roter Seide. Sie hatte das seidige blonde Haar zu einem hohen Knoten aufgesteckt, was ihr gut stand, sie aber auch ein wenig strenger und distanzierter erscheinen ließ. Wie seltsam es doch war, dass sie, die aus einer der angesehensten Familien Wiens stammte, ausgerechnet mit ihm zusammen sein wollte, einem Jungen aus einem Waisenhaus, der nichts hatte als seine Musik; wobei es fast noch unbegreiflicher war, dass er sich für sie entschieden hatte, da sie so gar nicht dem Frauentyp entsprach, den er bevorzugte.

Margot lächelte ihm zu, als sie das Glas entgegennahm, und er betrachtete sich über ihre Schulter hinweg einen Augenblick im Spiegel: ein attraktiver Mann, in einem leichten hellgrauen Sommeranzug und dazu einem veilchenblauen Hemd. Er war zwar nicht mehr so jung, konnte sich aber durchaus sehen lassen, lautete sein Urteil über sich selbst.

Sie stießen an und tranken einen Schluck.

»Ich habe dich nie gefragt, ob sie irgendeine Bedeutung haben«, meinte sie, während sie mit dem Zeigefinger über die Innenseite von Teds Handgelenk strich, wo sich eine halbrunde Tätowierung befand, die die Hälfte eines Labyrinths darstellte. »Die Tattoos an deinen Händen.«

Er zuckte mit den Schultern.

»Eine Jugendsünde. Ich hab sie mir wohl irgendwann mal stechen lassen, als ich zu betrunken war, um mich nachher noch daran erinnern zu können.«

»Das Gleiche gilt dann wahrscheinlich auch für das an der anderen Stelle …« Diskret wies sie auf den Bereich von Teds Gürtellinie.

»Richtig. Auch daran erinnere ich mich nicht. Aber es ist ein hübsches Tattoo, stimmt's?«

»Na ja … ehrlich gesagt hätte ich nie gedacht, dass ich mal mit einem Mann zusammen sein würde, der tätowiert ist. Aber du bist eben ein Künstler … das entschuldigt vieles«, meinte sie mit einem bewusst koketten Lächeln, das Ted aus irgendeinem Grund, den er selbst nicht verstand, auf die Nerven ging.

»Gefällt dir die Oper?«, fragte er, um das Thema zu wechseln. Ansonsten würden sie gleich sicher auf seine Jugend zu sprechen kommen, auf die Zeit im Waisenhaus, und dieses Thema wollte er möglichst vermeiden.

»Pff«, meinte sie mit einer Grimasse. »Die Inszenierung ist gut, und die Sänger sind wirklich hervorragend, aber das Thema der Oper … die Handlung … finde ich, ehrlich gesagt, eher dämlich.«

»Aha. Was genau findest du daran dämlich?«

Sie waren in die Oper gegangen, um sich *Alceste* anzusehen, ein Werk von Christoph Willibald Gluck aus dem achtzehnten Jahrhundert. Ein Freund von Ted, der im Orchester spielte, hatte ihm ein paar sehr gute Karten zum halben Preis besorgt, was Margot nicht wusste.

Der Oper lag die Geschichte von Admetos und Alkestis zugrunde, eines Königs und einer Königin aus der klassischen Antike, die viele Jahre lang glücklich miteinander verheiratet waren, zwei erwachsene Kinder hatten und von ihrem Volk verehrt wurden. Bis plötzlich etwas Schreckliches geschah: Admetos wurde sehr krank und drohte zu sterben. Die verzweifelte Alkestis bat die Götter um Hilfe, die sich ihrer erbarmten und ihr die Möglichkeit boten, Admetos' Schicksal gegen das Leben irgendeines Untertans auszutauschen, der sich freiwillig anbot, um den König zu retten.

Das war alles, was sie bis zur Pause erfahren hatten. Margot nahm einen kleinen Spiegel aus der Tasche, zog sich die Lippen nach und verrieb die Farbe mit dem Mittelfinger, ehe sie antwortete: »Jemandem die Möglichkeit zu bieten, das eigene Leben für das eines anderen zu geben.«

»Wieso?«

»Weil es unmöglich ist.«

»Natürlich. Es ist ja keine wahre Geschichte, sondern Literatur, Mythologie«, meinte er leicht verärgert. »Aber angenommen, es wäre möglich ... Würdest du es tun?«

Sie lachte mit zurückgelegtem Kopf und halb geschlossenen Augen.

»Für dich?«

»Nicht unbedingt. Für jemanden, den du wirklich liebst«, sagte Ted mit aufrichtigem Lächeln.

Sie streckte ihm die Zunge heraus.

»Na los, antworte«, insistierte er.

»Willst du es wirklich wissen? Also ich glaube nicht, dass ich es tun würde. Jeder hat sein Leben und sein Schicksal. Niemand sollte die Stelle eines anderen einnehmen.«

»Aha.«

»Und du?«, fragte sie gespannt und schmiegte sich an ihn wie eine verschmuste Katze.

Gerade hatte es zum zweiten Mal geläutet, und der Raum,

in dem die Getränke ausgeschenkt wurden, hatte sich bereits beträchtlich geleert.

»Für dich?«, fragte er lächelnd.

Sie schloss die Augen und spitzte die Lippen in Erwartung eines Kusses.

»Nein, meine Liebe. Das würde ich niemals tun. Für dich«, ergänzte er. »Komm, gehen wir.«

Sie verbrachten den Rest der Aufführung schweigend, was Margot irgendwie als unangenehm und angespannt empfand, obwohl es ja völlig normal war, in dieser Situation nicht zu reden. Ted verfolgte andächtig, was auf der Bühne geschah, blickte dabei jedoch immer häufiger durch das Opernglas zu jemandem hinüber, den sie nicht erkennen konnte.

»Zu wem siehst du andauernd hin?«, fragte sie schließlich leise.

»Zu Leo, meinem Freund, der uns die Karten besorgt hat.«

»Und zu wem noch? Um Leo zu betrachten, müsstest du nicht ständig das Opernglas hin- und herbewegen. Hältst du mich für dumm?«

Ted ging nicht darauf ein. Er kannte sie und wusste, dass es das Beste war, den Kommentar zu übergehen und das Thema zu wechseln.

»Ach, das hab ich dir noch gar nicht gesagt: Leo hat uns eingeladen, nachher in der Opernkantine mit ihm auf die gelungene Aufführung anzustoßen.«

»Müssen wir da hingehen? Dazu hab ich überhaupt keine Lust … Wann musst du im Klub sein?«

»Wir spielen um elf; es ist Zeit genug. Aber wenn du gleich nach der Vorstellung nach Hause gehen möchtest, ist das kein Problem. Dann sehen wir uns morgen.«

Aus der Reihe hinter ihnen war ein deutliches »Pst!« zu hören, und beide verstummten auf der Stelle.

Um halb zehn war die Vorstellung zu Ende, und das Publikum feierte die Darsteller mindestens zehn Minuten lang mit stehenden Ovationen.

Ted war irgendwie verändert, sodass Margot schon dachte, während der Aufführung sei irgendetwas passiert.

»Geht es dir nicht gut, Ted?«

Er schüttelte den Kopf. »Nein, nein. Ich muss nur ein paar Schritte gehen. Die Musik hat mich doch mehr bewegt, als ich gedacht habe; ich habe diese Oper vorher nicht gekannt.«

»Ich habe nicht damit gerechnet, dass die Geschichte gut ausgeht«, meinte sie, während sie sich den Schal um die Schultern legte. »Die meisten Opern, die ich bisher gesehen habe, waren Tragödien. Bei dieser dagegen sind am Ende alle glücklich und zufrieden. Ich weiß nicht … irgendwie gefällt mir das nicht. Es ist weniger elegant … das Happy End nimmt dem Ganzen die Feierlichkeit.«

»Wenn dir so etwas passieren würde, wärest du froh, wenn es gut ausgeht, oder?«

»Aber mir wird so etwas nicht passieren, mein Schatz.« Sie zupfte ein Haar vom Aufschlag seines Jacketts und nutzte die Gelegenheit, ihn für einen Moment zurückzuhalten, bevor sie durch den Bühneneingang traten. »Versprich mir, dass wir nicht allzu lange bleiben.«

»Schau, da ist Leo! Er holt uns ab.«

Die beiden Männer umarmten sich kameradschaftlich und schüttelten sich anschließend die Hand. Margot beschränkte sich darauf zu lächeln.

»Herzlichen Glückwunsch, mein Freund!«, sagte Ted. »Und ich hab immer gesagt, dass du es mit diesen historischen Blasinstrumenten nicht weit bringen wirst!«

Lachend gingen sie den Gang entlang zur Kantine.

»Wie läuft's mit dem *Celeste Quartett*?«, fragte Leo.

»Extrem gut. Wir sind bis zum nächsten Frühjahr ausgebucht.«

»Und ich hab immer gesagt, dass ihr mit dem Jazz nie auf einen grünen Zweig kommt ...!«, gab Leo lächelnd zurück. »Aber bei dem Namen – ›himmlisch‹ – konnte es ja nur gut gehen. Wie bist du darauf gekommen? Das wollte ich dich schon immer mal fragen.«

Ted zuckte mit den Schultern. »Keine Ahnung. Es ist mir ganz plötzlich eingefallen, und ich wusste gleich, dass es das Richtige ist, dass es dieser Name sein musste. Wahrscheinlich ein Zeichen des Himmels, wie du schon angedeutet hast.«

Sie lachten erneut, während Margot, ein paar Schritte hinter ihnen, die Lippen zusammenpresste. Ted hatte viel Potenzial: Er war gut aussehend, elegant und Künstler ... dafür, dass er im Waisenhaus aufgewachsen war, war er wirklich vorzeigbar, abgesehen von ein paar Kleinigkeiten wie seiner Marotte, sich so gut wie nie von seiner schäbigen Lederjacke zu trennen, oder den schrecklichen Tätowierungen an den Handgelenken und am Bauch.

Das einzige Problem war, dass er überhaupt kein Interesse an den Tag legte, sich gewisse Dinge anzueignen, die in ihrer Welt äußerst wichtig waren. Sie seufzte. Es war eine Frage der Geduld. Sie war davon überzeugt, dass sie Ted früher oder später dahin bringen würde, wo sie ihn haben wollte. Er würde reich und berühmt werden, dank seiner Musik und der Kontakte, die sie ihm verschaffen konnte. Dann würde auch er sich für seine Lederjacke schämen und für die schaurigen Tattoos, die man mithilfe der modernen Lasertechnik sicher entfernen lassen konnte. Sie würde sich darum kümmern.

Sie erreichten die Kantine, in der sich etwa hundert Leute unter Gelächter und Freudenschreien unterhielten, sich gegenseitig begrüßten, die Gläser aneinanderstießen und von einer Gruppe zur nächsten wechselten.

»Kommt, ich stelle euch unserem Dirigenten vor.«

Leo tippte einem Mann im Frack auf die Schulter, der sich umdrehte, um sie zu begrüßen.

Ted und er sahen sich einen Moment schweigend an. Er war ein Mann mittleren Alters mit sehr kurzem grauem Haar und kleinen, aber äußerst strahlenden Augen.

»Kennen wir uns?«, fragte der Dirigent.

»Nein, ich glaube nicht. Ich bin auch Musiker, aber nicht im klassischen Bereich.«

»Und das ist Celeste«, sagte Leo und legte den Arm um eine Frau Mitte zwanzig, deren Blick von einer besonderen Intensität war. »Eine sehr gute Freundin. Sopran. Sie hat die Rolle der Ismene gesungen.«

»Eine kleine Rolle«, erklärte sie und reichte Margot und Ted die Hand.

»Eine kleine Rolle in einem der renommiertesten Opernhäuser der Welt«, fügte der Dirigent hinzu. »Dabei ist sie noch keine dreißig.«

Alle nahmen sich ein Glas von dem Tablett, das ihnen ein Kellner hinhielt, der mit seiner schweren Last kaum durch den Raum kam.

Der Dirigent nahm sich zwei Gläser und bot eines davon Margot an, die ihm, als sie es entgegennahm, tief in die Augen sah.

»Auf den Erfolg der Inszenierung!«, sagte Ted, der den Blick nicht mehr von der Frau abwenden konnte, die Leo ihm gerade vorgestellt hatte. Es war die Sängerin, der er die gesamte Vorstellung über mit dem Opernglas gefolgt war. »Entschuldige, wie war dein Name? Celeste?«

Sie nickte lächelnd. »Ein seltsamer Name, stimmt's? Aber man gewöhnt sich an alles, außerdem nennen meine Freunde mich anders.«

»Ich würde dich Les nennen.«

Er merkte, dass sie plötzlich bleich geworden war.

»Woher weißt du das. Wer hat es dir gesagt?«

»Niemand. Hab ich es erraten?«

»Die Leute, die mich schon seit meiner Kindheit kennen, nennen mich Lessa«, sagte sie leise und trat einen Schritt zur Seite, damit nur er sie hören konnte. »Aber schau mal, wie eigenartig.« Sie zeigte ihm ihren Ringfinger, an dem ein dünner Goldreif steckte. »Diesen Ring trage ich schon mein ganzes Leben lang, weil es angeblich der Ehering meiner Eltern ist, und weißt du, welche Inschrift er trägt? *Les und Ted. Für immer.*«

»Ich heiße Ted«, entgegnete er überrascht und ebenfalls flüsternd.

Beide hoben den Blick, den sie auf den Ring gerichtet hatten, und sahen sich an.

»Unglaublich! Dein Vater heißt auch Ted?«, fragte er, um irgendetwas zu sagen. Er konnte kaum noch schlucken.

Sie schüttelte den Kopf. »Ich weiß es nicht. Ich bin eine Waise. Aber ich bin immer davon ausgegangen, dass das die Namen meiner Eltern sind.«

»Auch ich bin Waise.«

Ich sah sie von Weitem unter den fröhlichen Menschen in der Opernkantine. Ich wusste, dass mir nicht mehr viel Zeit blieb, dass ich langsam verschwamm, dass meine Existenz schon sehr bald zu Ende sein würde.

Ich erinnerte mich daran, dass mein neues Leben, dieses Leben, hier ganz in der Nähe begonnen hatte und dass dieses Mädchen mit den sanften honigfarbenen Augen mir seine Hilfe angeboten hatte, ohne zu wissen, wer ich war.

Meine Geschwister und ich hatten ihre Welt zerstört, ihr Glück, ihre Zukunft. Ich hatte das Gefühl, ihnen etwas schuldig zu sein, sodass ich mich ihnen unauffällig näherte, nachdem sie sich ohne mein Dazutun offensichtlich wiedergetroffen hatten.

Der Junge hatte meine Nachricht verstanden; ihm war bewusst geworden, dass auf dieser Welt, im Licht der Sonne, ein Neuanfang immer möglich ist.

Ich ging um die Menschen herum, die in Gruppen zusammenstanden, um die von den Kellnern gehaltenen Tabletts und die Leute, die mir mit gefüllten Tellern entgegenkamen, bis ich direkt neben ihnen stand. Wie zufällig griff ich nach ihren Unterarmen und drehte ihre Handgelenke so, dass sie die Tätowierung, die sie beide trugen, sehen mussten.

Sie starrten sie an.

Sie starrten mich an.

Sie starrten sich gegenseitig an.

Es dauerte noch ein paar Sekunden, bis sie den Effekt meines Eingreifens spürten, doch allmählich erkannten sie sich wieder, als betrachteten sie das Gesicht des anderen durch ein Fernglas, wobei es durch die Regulierung der Sehschärfe immer deutlicher zu erkennen war.

»Ich danke dir, Bote«, flüsterte sie, ohne es zu wagen, meinen Namen auszusprechen.

Ich legte einen Finger an meine Lippen, lächelte und verließ langsam das Operngebäude. Draußen genoss ich, vielleicht zum letzten Mal, die Wärme der Sommernacht und das Gefühl, dass ich diesmal jemanden glücklich gemacht hatte. Was ein ausgesprochen angenehmes Gefühl war.

Als ich mich noch einmal umsah, stellte ich fest, dass auch sie auf die Straße hinausgetreten waren, sich in den Armen hielten und sich ansahen, als existierten nur noch sie beide auf der Welt.

Dann bemerkten sie mich am Ende der Straße, einen Fußgänger unter vielen, ohne besondere Bedeutung, vor dem Hintergrund des Stephansdoms, der von den letzten rötlichen Strahlen der untergehenden Sonne beleuchtet wurde.

Sie hoben die Hände und winkten mir zum Abschied.

Ich winkte zurück, bevor ich verschwand.

Glossar zur griechischen Götterwelt in »Das Labyrinth der Liebe«

In dem Roman kommen einige griechische Götter mit ihren allgemein anerkannten Eigenschaften und Verhaltensweisen als Protagonisten vor. Jedoch tragen sie in beinahe allen Fällen die ältesten und unbekanntesten ihnen zugeordneten Namen, um zu Beginn der Geschichte das Ganze etwas geheimnisvoller zu gestalten. Der Name Hermes allerdings wurde beibehalten, um gleich zu Anfang einen eindeutigen Hinweis zu geben.

In jedem Fall dürfte den Lesern, die die Mythologie schätzen, der Bezug sehr schnell klar sein. Leser, die weniger mit den antiken Mythen vertraut sind, finden im Folgenden einige grundlegende Informationen über die einzelnen Figuren, die ausreichen werden, um die im Text enthaltenen Anspielungen der Götter untereinander zu verstehen.

In der Reihenfolge ihres Auftretens und unter dem Namen, den sie in der Geschichte tragen:

Hermes:
Der Sohn des Zeus und der Pleiade Maia ist der Bote der Götter. Er ist der Schutzgott der Kaufleute, der Gott der Diebe und des Betrugs; der Schutzgott der Reisenden und anderer, die sich fern der Heimat befinden; der Gott des Glücks und des Zufalls und der Erfinder der Schrift. Zudem ist er ein Psychopompos, ein Seelengeleiter, der die Toten in die Unterwelt führt. Er wird als junger Mann dargestellt, oft

mit Flügeln am Hut oder an den Sandalen. Die Römer übernehmen seine Gestalt später unter dem Namen Mercurius.

Zusammen mit seiner Schwester Aphrodite zeugt er ein Kind, das Zwitterwesen Hermaphroditos.

Aides:

Eher bekannt unter dem Namen **Hades:** Bruder von Zeus und Poseidon. Nachdem es ihnen zu dritt gelingt, ihren Vater Kronos zu stürzen, teilen sie die Welt per Losentscheid unter sich auf. Zeus erhält den Olymp – die Erde und den Himmel –, Poseidon das Meer und Hades das Totenreich. Aides ist der älteste Name des griechischen Gottes der Unterwelt und geht auf das Wort »unsichtbar« zurück. Der Herr des Totenreichs ist außerdem der Bruder seiner Schwiegermutter Demeter. Stets versucht er, die Zahl seiner Untertanen zu erhöhen, und wünscht sich, dass alle in seinem Haus leben. Er ist unfassbar vermögend, verlässt sein Reich nur selten und erlaubt dies auch niemand anderem. Nur Herkules und einigen anderen Helden (Odysseus, Aeneas, Orpheus, Theseus …) gelingt es, seine Welt lebend zu betreten und sie wieder zu verlassen.

Er ist gegen deren Willen mit Persephone verheiratet und zwingt sie, einen Teil des Jahres mit ihm im Totenreich zu verbringen. Die Römer nennen ihn Pluton.

In Homers »Ilias« trägt er den Namen Aides Adamastos (der Ungebändigte) wie in diesem Roman.

Koré:

Ihr gängigster griechischer Name ist **Persephone.** Sie ist die Tochter von Zeus und Demeter und die Gattin – und Nichte – des Hades, was sie zur Herrscherin des Totenreichs macht. In alten Texten wird sie Kore genannt (junge Frau). Der Mythos besagt, dass sie als Heranwachsende, während sie mit ihren Freundinnen auf der Ebene von Nysa Blumen pflückt, von Hades vergewaltigt und entführt wird. Ihre Mutter Demeter, Göttin der Fruchtbarkeit der Erde, des Getreides und der Saat, verbietet in ihrer Wut über die Tat den Pflanzen zu wachsen, den Bäumen, Früchte zu tragen, und den Tieren, sich zu vermehren, solange ihre Tochter nicht freigelassen wird, auch wenn die gesamte Menschheit deswegen verhungern sollte. Als die anderen Götter des Olymps die Menschen leiden sehen und sich auf die Seite von Demeter und Persephone stellen, willigt Hades ein, seine Frau in die Oberwelt zurückkehren zu lassen. Doch bevor sie geht, gibt Hades ihr einige Granatapfelkerne zu essen, was sie an die Unterwelt bindet und zwingt, zumindest für einige Zeit dorthin zurückzukehren. Denn niemand, der von den Speisen der Toten kostet, darf auf Dauer in der Oberwelt bleiben. Schließlich einigen sich die Götter darauf, dass Persephone acht Monate des Jahres bei ihrer Mutter in der Oberwelt leben darf, die restlichen vier Monate jedoch bei ihrem Mann in der Unterwelt verbringen muss. Jedes Mal, wenn sie in die Oberwelt zurückkehrt, ist die Freude ihrer Mutter Demeter so groß, dass sie alles blühen und gedeihen lässt, womit der Frühling beginnt.

Im Roman wird nur ihr alter Name Kore in Form von Koré verwendet. Bei den Römern heißt Persephone Proserpina.

Korés Mutter Demeter:

Sie ist die Göttin der Fruchtbarkeit der Erde, des Getreides und der Saat sowie die Schwester von Zeus, Poseidon und Hades. Ihr zu Ehren werden in der griechischen Antike die Mysterien von Eleusis abgehalten, die wichtigsten und geheimsten Mysterienfeiern der damaligen Zeit, die anlässlich der Rückkehr Persephones in die Oberwelt begangen werden, also anlässlich des Frühlingsbeginns und des Überlebens der Menschheit. In der römischen Mythologie heißt Demeter Ceres.

Ditta:
Die wunderschöne griechische Göttin **Aphrodite** ist die Tochter von Zeus und Dione. Einer anderen Überlieferung zufolge entstand sie aus dem Samen des Uranos, nachdem dessen Sohn Kronos ihm auf Rat seiner Mutter Gaia die Geschlechtsteile mit einem Sichelhieb abgetrennt und hinter sich ins Meer geworfen hatte. Das Blut und der Samen vermischten sich mit dem Meer, welches ringsum aufschäumte und daraus Aphrodite gebar. In anderen Kulturen des Mittelmeerraums Innana oder Ištar (Astarte) genannt, ist ihre römische Entsprechung die Venus. Sie ist die Göttin der Schönheit und der Liebe, insbesondere auch der erotischen Liebe und der Sexualität. Gezwungen, Hephaistos zu heiraten, den hässlichen, deformierten Gott des Feuers und der Schmiedekunst, hat sie jedoch viele Liebhaber, darunter ihren Bruder Ares (Mars), den Gott des Krieges.

Ihre große Liebe und der bekannteste ihrer Liebhaber ist der wunderschöne Adonis, den jedoch auch Persephone für sich erwählt. Der Streit der beiden Göttinnen um den jungen Mann dauert derart lange und ist so verfahren, dass Zeus einzugreifen beschließt. Er verfügt, dass Adonis jeweils den dritten Teil seiner Zeit bei Aphrodite in der Oberwelt beziehungsweise bei Persephone in der Unterwelt lebt. Über das restliche Drittel kann er frei entscheiden. Als Helios im Roman von Adonis spricht, nennt er ihn bei einem seiner anderen Namen, nämlich Aos.

Helios:
Eher bekannt unter dem Namen **Apoll:** Sohn von Zeus und Leto. Gott der Musik, der Poesie und der Weissagung. Ihm ist

das Orakel von Delphi geweiht, und er ist eng mit der Vegetation und der Natur verbunden. Er ist außerdem der Gott des Sonnenlichts und der Wahrheit und trägt auch die Namen **Helios** oder **Apoll Helios.** Helios ist ausgesprochen schön und hat Kinder mit mehreren sterblichen Frauen, Nymphen und Musen wie Thalia und Urania. Er ist ein großartiger Musiker und Führer des Chors der Musen. Hermes erfindet für ihn die Lyra, das Instrument, mit dem er in der Regel bildlich dargestellt wird. Die Römer nennen ihn ebenfalls Apoll oder Phoebus.

Diou:
Wird im Roman nur einmal in einer Frage im Laufe des Gesprächs zwischen Helios und Ditta erwähnt. Dabei handelt es sich um eine Anspielung auf Zeus, den Göttervater. Diou ist einer seiner ältesten Namen. Im Roman kommt er als Person nicht vor.

Der Perseide:
Wird kurz in dem Gespräch zwischen Ditta und Koré erwähnt. Dabei beziehen sie sich auf Herkules, der zum Geschlecht der Perseiden gehört und in dem Mythos von Alkestis und Admetos tatsächlich dem Paar dabei hilft, gemeinsam aus dem Totenreich zurückzukehren.